原本

karatani kōjin

柄谷行人

講談社文芸文庫

序文

この本を初めて手にした読者に説明しておきたい。私はこの本を単行本として一九八〇年に出版し、八九年に文芸文庫版を出した。そして、二〇〇四年に、これを大幅に改訂して『定本　日本近代文学の起源』（岩波書店）を出版した。この間の経緯はつぎのようなものである。

私が本書に書いたようなことを構想したのは、一九七五年から七七年にかけて、イェール大学で明治文学史について教えていたときである。だが、私はこれを英語で出版することはまったく考えていなかった。その時期、英語での出版を考えていたのは、『マルクスその可能性の中心』のような哲学的仕事のほうであった。一方、『日本近代文学の起源』は、文芸雑誌に連載したエッセイであり、日本の文脈でのアクチュアルな批評の仕事であった。私はそれ以上の望みをもっていなかったのである。

ところが、一九八三年に英語への翻訳の申し出を受けた。私はむしろ当惑した。このままでは外国人が読んで理解できないと思ったからである。そこで、翻訳を許可したものの、大幅に改稿するという条件をつけた。が、その後音沙汰がないままに、八〇年代末に突然翻訳草稿が送られてきた。私は改稿に備えて幾つかの論文を書いていたのだが、もう遅かった。この時点で改稿することは翻訳者に気の毒であったから、最後に「ジャンルの消滅」という一章を加えるにとどめたのである。この章は、近代小説がそれ以前の多様なジャンルを消滅させたこと、その中で、漱石が「写生文」によって抵抗したこと、そのため、漱石の作品が多様なジャンルに及んだこと、などについて論じたものだ。これによって、漱石がロンドンから帰国したあたりから書き始めた本書を、漱石論をもって締めくくることにしたのである。

その上で、アメリカ版への長い「後書き」（一九九一年）を付した。この本が書かれた歴史的文脈を外国人に説明しようとしたのである。しかし、そのとき、私自身七〇年代に本書を書いていた時点では考えていなかった事柄を、いくつか発見した。たとえば、私は明治日本におこった「風景の発見」や「言文一致」などについて考察したのだが、ふりかえって気づいたのは、私が考察したのはすべて、近代の国民国家の確立において生じる問題だということ、ゆえにどの国でも生じる問題だということであった。たとえば、「言文一致」に関して、韓国や中国でおこったことはある程度知っていた。しかし、ギリシャやブルガリアの読者から、彼らの国でほぼ同じ時期に同じようなプロセスがあったことを知らされたときには、驚いた。

私は通常、自分の本を読み返したり、再考したりすることはしない。書いたことも忘れてしまう。が、この本にかぎって、それ以後も、何度も読み返し考え直した。一つには、各国の翻訳者が序文を求めてきたからだが、私のほうでも、出版される国を念頭において読み返すと、そのつど、本書から、それまで考えていなかった点に気づくことが多かったからだ。それは、本書がもともと連載エッセイとして直観的に書かれ、体系的にまとまったものでなかったからかもしれない。私はいわば原本を材料にして、「序文」の名の下に新たな論文を書いたわけである。それは以下の三つである。

ドイツ語版への序文（一九九五年）
韓国語版への序文（一九九七年）
中国語版への序文（二〇〇二年）

こうして、『日本近代文学の起源』は、いわば「生成するテクスト」としてふくらんでいった。そこで、私は以上を収録し、さらに、全体に大幅に加筆したものを「定本」として出したのである。これは量的に、「原本」の倍ぐらいになる。

「定本」を出すとき、私は本書を絶版にするつもりだった。しかし、それが「文芸文庫」で長い間（三十八刷）出版されてきたことを考慮し、また、原本にも独自の歴史的価値があることを勘案して、当初付いていた解説・解題を割愛し、原本のみを再出版することにした。ここから、「定本」にいたるまでの変容に、ここ三十年間の世界の変容が刻まれている、と思う。ただ、「原本」と「定本」の併存が、読者の混乱を招くことがないことを願っている。

二〇〇九年二月

柄谷行人

目次

日本近代文学の起源　原本

I　風景の発見

1

夏目漱石が講義ノートを『文学論』として刊行したのは、彼がロンドンから帰国してわずか四年後にすぎない。しかも、そのとき、彼はすでに小説家として注目されており、彼自身もそれに没頭していた。もし「文学論」の構想が「十年計画」であるならば、彼はその時点ではそれを放棄していたのである。つまり、『文学論』は彼が構想した壮大なプランからみれば、ほんの一部でしかないといってよい。漱石が附した序文には、すでに創作活動に没頭しはじめていた彼にはそれが「空想的閑文字《かんもじ》」でしかないという疎遠感と、本当はそれを放棄することなどできないという思いが交錯している。それらはいずれも疑いのないところであって、漱石の創作活動はまさにその上に存在している。

逆にいえば、漱石の序文は、『文学論』が当時の読者にとって唐突で奇妙なものにうつらざるをえないことを意識している。もちろん、当時の読者にとってだけでなく、現在においてもそうかもしれない。事実、漱石にとって個人的な必然性はあったとしても、このような書物が書かれるべき必然性は日本には（西洋においても）なかったといわねばならない。それは突然に咲いた花であり、したがって、種を残すこともなかったのであって、漱石自身がおそらくそれを強く意識していたと思われる。彼は本来の「文学論」の構想が、日本においてであれ西洋においてであれ孤立した唐突なものであることに、ある戸惑いをおぼえていたはずだ。彼の序文は、ちょうど『こゝろ』の先生の遺書のように、なぜこんな奇妙な本が書かれねばならなかったかを説明している。序文が、その本文とは正反対にきわめて私的に書かれているのはそのためであろう。彼は自分の情熱が何であり、何によるかを解説せねばならなかったのである。

余はこゝに於て根本的に文学とは如何なるものぞと云へる問題を解釈せんと決心したり。同時に余る一年を挙《あげ》て此問題の研究の第一期に利用せんとの念を生じたり。余は下宿に立て籠《こも》りたり。一切の文学書を行李《かうり》の底に収めたり。文学書を読んで文学の如何なるものなるかを知らんとするは血を以て血を洗ふが如き手段たるを信じたればなり。余は心理的に文学は如何なる必要あつて、此世に生れ、発達し、頽廃《たいはい》するかを極めんと誓へり。余は社会的に文学は如何なる必要あつて、存在し、隆興し、衰滅するかを究《きは》めんと誓へり。

漱石は、「文学とは如何なるものぞと云へる問題」を問題にした。実は、このことこそ、彼の企てと情熱を私的なものに、つまり他者の共有しがたいものにした理由である。この「問題」そのものが新しすぎたのである。同時代のイギリス人にとって、文学は文学である。「文学」のなかにいるかぎり、そのような疑いは生じようがない。しかし、ミシェル・フーコーがいうように、「文学」とはたかだか十九世紀において確立された観念なのである。だが、漱石はまさにそのなかにいて、疑うことを避けることができなかったのだ。「文学」がすでに定着してしまった明治四十年の日本では、この疑いはなおさら奇異にみえる。反時代的というよりは、まさに奇異にみえるのである。それは漱石の理論的意欲を萎《な》えさせたにちがいない。

『文学論』は一見すると、「文学の理論」にみえる。つまり、「文学」の内部で書かれているようにみえる。しかし、本来の「文学論」の構想は『文学評論』やその他のエッセイから想定されるように、もっと根底的なものだったはずである。

漱石がまず疑ったのは、英文学が普遍的なものだという考えである。もちろん漱石は漢文学をそれに対置し、相対化するというようなことを考えたのではない。彼は何よりもまず、この普遍性がアプリオリなものではなく歴史的なものであること、しかもその歴史性（起源）そのものをおおいかくすところに成立していることを指摘する。

余の経験に訴へると、沙翁の建立したと云ふ詩国は、欧州の評家が一致する如くに、しかく普遍な性質を帯びてゐるものではない。我等が相応にこれを味はひ得るのは、年来修養の結果として、順応の境地を意識的に把捉《はそく》した半ば有意の鑑賞である。（「坪内博士とハムレット」）

漱石の言葉につけ加えていうと、シェークスピアは、同時代において〝普遍的〟だったラテン的教養をもった劇詩人たちから軽侮されており、それ以後も黙殺されていて、やっと十九世紀初めにドイツ・ロマン派を通して、すなわち「文学」とともに見出されたのである。そこでは、天才的な個人としてのシェークスピア、自己表現する詩人、ロマンティックでありあるいはリアリスティックである詩人シェークスピアがあらわれる。しかし、シェークスピアの劇はそれとは異質であり、ある意味では近松門左衛門と類似するといってもよい。漱石は、坪内逍遥の翻訳を批評するとき、そのことを指摘していたのである。シェークスピアはリアリズムでもないし、「人間」を書こうとしたのでもない。「普遍的なもの」は、十九世紀の西欧において確立すると同時に、そのこと自体の歴史性をおおいかくすものとしてあったのである。

漱石が「文学史」、または文学の歴史主義的研究を否定せざるをえなかったのは、まず「文学」そのものの歴史性を問うたからである。歴史主義とは、「文学」と同様に十九世紀に確立した支配的観念であり、歴史主義的に過去をみるということは、「普遍的なもの」を自明の前提とすることである。

漱石は「文学史」に反撥する。が、それは日本人には独自の読み方が許されるはずだというようなことではない。彼のいう「自己本位」は、当時圧倒的にみえた「文学」なるもの、「歴史」なるものを根本的に疑うところにこそあった。

風俗でも習慣でも、情操《じょうそう》でも、西洋の歴史にあらはれたもの丈《だけ》が風俗と習慣と情操であつて、外に風俗も習慣も情操もないとは申されない。又西洋人が自己の歴史で幾多の変遷《へんせん》を経て今日に至つた最後の到着点が必ずしも標準にはならない（彼等には標準であらうが）。ことに文学に在つてはさうは参りません。多くの人は日本の文学を幼稚だと云ひます。情けない事に私もさう思つてゐます。然しながら、自国の文学が幼稚だと自白するのは、今日の西洋文学が標準だと云ふ意味とは違ひます。幼稚なる今日の日本文学が発達すれば必ず現代の露西亜文学にならねばならぬものだとは断言出来ないと信じます。又は必ずユーゴーからバルザック、バルザックからゾラと云ふ順序を経て今日の仏蘭西文学と一様な性質のものに発展しなければならないと云ふ理由も認められないのであります。幼稚な文学が発達するのは必ず一本道で、さうして落ち付く先は必ず一点であると云ふ事を理論的に証明しない以上は現代の西洋文学の傾向が、幼稚なる日本文学の傾向とならねばならんとは速断であります。又此傾向が絶体（原）に正しいとも論結は出来悪《にく》いと思ひます。一本道の科学では新即ち正と云ふ事が、ある程度に於て言はれるかも知れませんが、発展の道が入り組んで色々分れる以上は又分れ得る以上は西洋人の新が必ずしも日本人に正しいとは申し様がない。而して其文学が一本道に発達しないものであると云ふ事は、理窟は偖《さて》置いて、現に当代各国の文学——尤も進歩してゐる文学——を比較して見たら一番よく分るだらうと思ひます。（中略）

して見ると西洋の絵画史が今日の有様になつてゐるのは、まことに危うい、綱渡りと同じ様な芸当をして来た結果と云はなければならないのでせう。少しでも金合《かねあひ》が狂へばすぐ外《ほか》の歴史になつて仕舞ふ。議論としてはまだ不充分かも知れませんが実際的には、前に云つた様な意味から帰納《きなふ》して絵画の歴史は無数無限にある、西洋の絵画史は其一筋である、日本の風俗画の歴史も単に其一筋に過ぎないと云ふ事が云はれる様に思ひます。是は単に絵画丈を例に引いて御話をしたのでありますが、必ずしも絵画には限りますまい。文学でも同じ事でありませう。同じ事であるとすると、与へられた西洋の文学史を唯一の真と認めて、万事之に訴へて決し様とするのは少し狭くなり過ぎるかも知れません。歴史だから事実には相違ない。然し与へられない歴史はいく通りも頭の中で組み立てる事が出来て、条件さへ具足《ぐそく》すれば、いつでも之を実現する事は可能だと迄主張しても差支ない位だと私は信じて居ります。（中略）

今迄述べた三ケ条はみな文学史に連続した発展があるものと認めて、旧を棄て、漫《みだ》りに新を追ふ弊《へい》とか、偶然に出て来た人間の作の為めに何主義と云ふ名を冠して、作其物を是非此主義を代表する様に取り扱つた結果、妥当を欠くにも拘《かか》はらず之を飽《あ》く迄も取り崩し難きwholeと見做（原）す弊や、或は漸移の勢につれて此主義の意義が変化を受けて混雑を来す弊を述べたのであります。こゝに申す事は歴史に関係はありますが、歴史の発展とは左程交渉はない様に思はれます。即ち作物を区別するのに、ある時代の、ある個人の特性を本として成り立つた某々主義を以てする代りに、古今東西に渉《わた》つてあてはまる様に、作家も時代も離れて、作物の上にのみあらはれた特性を以てする事であります。既に時代を離れ、作家を離れ、作物の上にのみあらはれた特性を以てすると云ふ以上は、作物の形式と題目とに因《よ》つて分つより外に致し方がありません。（以上「創作家の態度」）

以上の引用でも明らかなように、漱石は、歴史主義にひそむ西欧中心主義、あるいは歴史を連続的・必然的とみる観念に異議をとなえている。彼はまた、作品を、「時代精神」や「作者」といったwhole（全体）に還元することを拒否し、「作物の上にのみあらはれた特性」に向かった。このような発想はフォルマリスト的なのだが、むろんそれに先立っている。『文学論』におけるF＋fの定式も、彼のこうした基本的な姿勢においてあらわれたのである。

たとえば、ロマン主義と自然主義は、歴史的な概念であり、歴史的な順序として出現したのだが、漱石はそれを二つの〝要素〟としてみようとする。

両種の文学の特性は以上の如くであります。以上の如くでありますから、双方共大切なものであります。決して一方ばかりあれば他方は文壇から駆逐してもよい抔《など》と云はれる様な根柢の浅いものでは決してありません。又名前こそ両種でありますから自然派と浪漫派と対立させて、塁《るい》を堅ふし(原)濠を深かうして睨み合つてる様に考へられますが、其実敵対させる事の出来るのは名前丈で、内容は双方共に往つたり来たり大分入り乱れて居ります。のみならず、あるものは見方読方ではどつちへでも編入の出来るものも生ずる筈であります。だから詳《くは》しい区別を云ふと、純客観態度と純主観態度の間に無数の変化を生ずるのみならず、此変化の各のものと他と結び付けて雑種を作れば又無数の第二変化が成立する訳でありますから、誰の作は自然派だとか、誰の作は浪漫派だとか、さう一概に云へたものではないでせう。それよりも誰の作のこゝの所はこんな意味の浪漫的趣味で、こゝの所は、こんな意味の自然派趣味だと、作物を解剖《かいぼう》して一々指摘するのみならず、其指摘した場所の趣味迄も、単に浪漫、自然の二字を以て単簡に律し去らないで、どの位の異分子が、どの位の割合で交つたものかを説明する様にしたら今日の弊が救はれるかも知れないと思ひます。(「創作家の態度」)

これがフォルマリスト的な見方であることはいうまでもない。漱石は、言語表現の根底にメタフォアとシミリーをみいだしているが、その二要素がロマン主義と自然主義としてあらわれている。ロマン・ヤコブソンは、メタフォアとメトニミーを対比的な二要素として、その要素の度合によって、文学作品の傾向性をみる視点を提起したが、漱石はそれをはるかに先がけている。

しかし、彼らが共通してくるのは、いずれも西欧のなかの異邦人として西洋の「文学」をみようとしたからである。ロシア・フォルマリズムが評価されるためには、西欧そのもののなかで「西欧中心主義」への疑いが生じてこなければならなかった。そうだとすれば、漱石の試みがどんなに孤立したものであるかはいうまでもあるまい。しかし、漱石が結局「文学論」を放棄してしまったのは、そのような孤立感からだけではない。

漱石が拒絶したのは、西欧の自己同一性（アイデンティティ）である。彼の考えでは、そこには「とりかえ」可能な、組みかえ可能な構造がある。たまたま選びとられた一つの構造が「普遍的なもの」とみなされたとき、歴史は必然的で線的《リニア》なものにならざるをえない。漱石は西洋文学に対して日本文学を立て、その差異や相対性を主張しているのではない。彼にとっては、日本の文学のアイデンティティもまた疑わしい。しかし、このような組みかえ可能な構造を見出すことは、ただちに、なぜ歴史はこうであってああではないのか、私はなぜここにいてあそこにはいないのか（パスカル）という疑いをよびおこす。いうまでもなく、フォルマリズム・構造主義にはその問いがぬけている。

たとえば、漱石は幼時に養子にやられ、ある年齢まで養父母を本当の両親と思って育っている。彼は「とりかえ」られたのである。漱石にとって、親子関係はけっして自然ではなく、とりかえ可能なものにほかならなかった。ひとがもし自らの血統《アイデンティティ》に充足するならば、それはそこにある残酷なたわむれをみないことになる。しかし、漱石の疑問は、たとえそうだとしても、なぜ自分はここにいてあそこにいないかというところにあった。すでにとりかえ不可能なものとして存在するからだ。おそらく、こうした疑問の上に、彼の創作活動がある。理論に厭きたから創作に移行したのではなく、創作そのものが彼の理論から派生するのだ。それは、漱石が真に理論的だったからであり、いいかえれば「文学の理論」などというものをめざしていたのではなかったからである。彼は理論的であるほかに、すなわち「文学」に対して距離をもつほかに存立するすべがなかったのである。

2

『文学論』の序文が私的なものであることは、彼にとって理論的であることがむしろ不本意な、強いられたものだったことを告げている。彼はなぜ「文学とは如何なるものぞと云へる問題」をもつにいたったか。つぎのように彼はいう。

少時好んで漢籍を学びたり。之を学ぶ事短かきにも関らず、文学は斯くの如き者なりとの定義を漠然と冥々裏《めいめいり》に左国史漢より得たり。ひそかに思ふに英文学も亦かくの如きものなるべし、斯の如きものならば生涯を挙げて之を学ぶも、あながちに悔ゆることなかるべしと。（中略）春秋は十を連ねて吾前にあり。学ぶに余暇なしとは云はず。学んで徹せざるを恨みとするのみ。卒業せる余の脳裏には何となく英文学に欺かれたるが如き不安の念あり。（「文学論」序）

漱石のいう「英文学に欺かれたるが如き不安の念」には根拠がある。ただ「文学」に慣れてしまった眼には、「欺き」がそれとしてみえないだけなのである。われわれは、これを異文化に触れた者のアイデンティティの危機というように一般化すべきではない。なぜなら、そのようにいうとき、われわれはすでに「文学」を自明のものとしてみているからであり、「文学」というイデオロギーがみえなくなっているからだ。漱石にそれがぼんやりとみえていたのは、むろん彼が漢文学になじんでいたからである。しかし、彼のいう「漢文学」が中国文学でないことはむろんだが、さらにまた、それは西欧文学と対置されるようなものでもない。彼は漢文学と西欧文学を比較してみるような呑気《のんき》な場所にはいなかった。彼にとって、「漢文学」は実体ではなく、すでに「文学」の彼岸に想定される、すでに回帰不可能で不確かな何かだったのである。

たとえば、漱石のいう「漢文学」に対応するのは、山水画であるが、しかし、山水画なるものが風景画によってはじめて存在させられたということに注意すべきだろう。

山水画という名称はここに展示されている絵画が実際に描かれた時代にはなく、四季絵とか月並《つきなみ》と呼ばれていた。山水画は、明治の、日本の近代化を指導したフェノロサによって、命名され、絵画表現のカテゴリーの中に位置づけられるようになった。とすれば、山水画という規定自体は、西洋近代的な意識と、日本文化とのズレによって出現したということになる。(宇佐見圭司「『山水画』に絶望を見る」現代思想一九七七年五月号)

同じことが「漢文学」についていえる。それはすでに「文学」という意識において存在するのだし、そこにしか存在しない。漢文学を対象化することはすでに「文学」の上でなされる。とすれば、漢文学と英文学を比較することは、「文学」=「風景」そのものの歴史性をみないことになる。つまり、「文学」や「風景」の出現においてわれわれの認識の布置《ふち》そのものが変わってしまったことをみのがすことになる。

私の考えでは、「風景」が日本で見出されたのは明治二十年代である。むろん見出されるまでもなく、風景はあったというべきかもしれない。しかし、風景としての風景はそれ以前には存在しなかったのであり、そう考えるときにのみ、「風景の発見」がいかに重層的な意味をはらむかをみることができるのである。

漱石はちょうどこの過渡期に生きたといってよい。むろんそれを過渡期とよぶのは歴史主義的な見方にすぎない。実際は、彼は、英文学を選択したあとで、彼自身において認識の布置が根本的に変わってしまったことに気づいたのだ。英文学と漢文学は、彼のなかでけっして静的な三角関係を形成したのではない。『それから』の代助と同様に、漱石はあるとき突然に彼がすでに選択してしまっていたことに気づいたのである。つまり、「風景の発見」は、過去から今日にいたる線的な歴史において在るのではなく、あるねじれた、転倒した時間性においてである。すでに風景になれてしまった者は、このねじれをみることができない。漱石の疑いはここにはじまったのであり、「英文学に欺かれたるが如き不安」は、いわばこの「風景」のなかにあることの不安である。

　漱石が日本の文学というかわりに、「漢文学」といっていることは興味深い。もちろん漢文学は国学者のプロテストにもかかわらず、日本の文学の正統であった。吉本隆明が強調しているように、万葉集でさえ漢文学あるいは漢字のもたらした衝撃において成立したのである（「初期歌謡論」）。花鳥風月はいうまでもなく、国学者が想定するような純粋土着的なものも、漢文学による「意識」において存在しえたのだ。古代の日本人が「叙景」をはじめたとき、つまり風景をみいだしたとき、すでに漢文学の意識が存在したのである。文学の源泉に遡行《そこう》するとき、われわれはそこに文学《エクリチュール》・文字をみいだすだけである。

　問題が複雑になるのは、明治二十年代における「風景」の発見がそれと近似することであり、いいかえれば、そのような転倒が累積されたことである。この問題はべつに論じたいが、いま私がいいたいのは、国学者が漢文学以前の姿を想定しようとしたときまさに漢文学の意識においてそうしていたように、「風景」以前の風景について語るとき、すでに「風景」によってみているという背理である。たとえば、山水画とはなにかと問うとき、その問いがすでに転倒の上にあることを自覚していなければならない。

つぎに引用する宇佐見圭司の「比較」は、もちろんこの困難を重々承知した上でのものである。

山水画の空間を語るために、山水画の場と時間を検討してみよう。山水画における〝場〟のイメージは西欧の遠近法における位置へと還元されるものではない。

遠近法における位置とは、固定的な視点を持つ一人の人間から、統一的に把握される。ある瞬間にその視点に対応する総てのものは、座標の網の目にのってその相互関係が客観的に決定される。我々の現在の視覚も又、この遠近法的な対象把握を無言のうちにおこなっている。

これに対して山水画の場は、個人がものに対して持つ関係ではなく、先験的な、形而上的な、モデルとして存在している。

それは、中世ヨーロッパの場のあり方と、先験的であるという共通性を持つ。先験的なのは、山水画の場にあっては、中国の哲人が悟りをひらく理想境であり、ヨーロッパ中世では、聖書、及び神であった。

つまり、「山水画」において、画家は「もの」をみるのでなく、ある先験的な概念をみるのである。同じようにいえば、実朝も芭蕉もけっして「風景」をみたのではない。彼らにとって、風景は言葉であり、過去の文学にほかならなかった。柳田国男がいうように、『奥の細道』には「描写」は一行もない。「描写」とみえるものも「描写」ではない。この微妙な、しかし決定的な差異がみえなければ、「風景の発見」という事態がみえないだけでなく、「風景」の眼でみられた「文学史」が形成されてしまう。

たとえば、西鶴のリアリズムなるものは、「写実主義」と馬琴否定の風潮のなかで見出された。だが、西鶴がはたしてわれわれがいうような意味でリアリストであったかどうかは疑わしい。彼は、シェークスピアが先験的な「道徳劇」の枠組《わくぐみ》のなかで書き、また古典を下敷にしていたように、「もの」をみてはいなかったのだ。子規が蕪村の俳句の絵画性を大々的に評価したときにも、同じことがいえる。蕪村の俳句は彼の山水画と同位にあり、「写生」をとなえていた子規の感受性とは異質なのである。もちろん蕪村と芭蕉はちがう。しかし、彼らの差異は今日のわれわれがそこにみるのとはちがったところに存したはずだ。実際子規自身がそういっている。たとえば蕪村の絵画性は、彼が蕉風とちがって、漢語を大胆にとりいれたところにある。「五月雨や大河《たいが》を前に家二軒」という句において、大河《おおかわ》ではなく大河《たいが》であるがゆえに、激しい動きが活き活きと「描写」されていると、子規は考える。ところが、この例こそ、蕪村が風景ではなく文字に魅かれていたことを示すのである。

明治二十年代に確立された「国文学」は、いうまでもなく「文学」の上で規定され解釈されたものである。もちろん私はここで、「国文学史」について論じるつもりはない。ただ、われわれにとって自明とみえる「国文学史」そのものが、「風景の発見」のなかで形成されたということをいいたいだけだ。そのことを疑っていたのはたぶん漱石だけだろう。だが、「風景の発見」がそのようなものだとすれば、われわれはそれをいわゆる「文学史」的な順序において語ることができない。「明治文学史」は、たしかに時間的に進行しているようにみえる。しかし、「風景の発見」という忘却された転倒をみるためには、そのような時間的な順序をねじらなければならないのである。

3

風景とは一つの認識的な布置であり、いったんそれができあがるやいなや、その起源も隠蔽《いんぺい》されてしまう。明治二十年代の「写実主義」には風景の萌芽があるが、そこにはまだ決定的な転倒がない。それは基本的には江戸文学の延長としての文体で書かれている。そこからの絶縁を典型的に示すのは、国木田独歩の『武蔵野』や『忘れえぬ人々』（明治三十一年）である。とりわけ『忘れえぬ人々』は、風景が写生である前に一つの価値転倒であることを如実《にょじつ》に示している。

この作品では、無名の文学者である大津という人物が、多摩川沿いの宿でたまたま知り合った秋山という人物に、「忘れえぬ人々」について語るという仕掛けになっている。大津は「忘れ得ぬ人は必ずしも忘れて叶《かな》ふまじき人にあらず」と言う書き出しの自作の原稿を示して、それについて説明する。「忘れて叶ふまじき人」とは、「朋友知己其ほか自分の世話になつた教師先輩の如き」人々のことであり、「忘れえぬ人」とは、ふつうなら忘れてしまっても構わないが忘れられない人々のことである。

彼は、その例として、大阪から汽船で瀬戸内海を渡ったときの出来事をあげている。

たゞ其時は健康が思はしくないから余り浮き〳〵しないで物思に沈むで居たに違ひない。絶えず甲板の上に出て将来《ゆくすゑ》の夢を描ては此世に於ける人の身の上のことなどを思ひつゞけてゐたことだけは記憶してゐる。勿論若いもの丶癖で其れも不思議はないが、其処で僕は、春の日の閑《のど》かな光が油のやうな海面に融け殆んど漣《さゞなみ》も立たぬ中を船の船首《へさき》が心地よい音をさせて水を切て進行するにつれて、霞たなびく島々を迎へては送り、右《う》舷左《げんさ》舷《げん》の景色を眺めてゐた。菜の花と麦の青葉とで綿を敷たやうな島々が丸で霞の奥に浮いてゐるやうに見える。そのうち船が或る小さな島を右舷に見て其磯から十町とは離れない処を通るので僕は欄に寄り何心なく其島を眺めてゐた。山の根がたの彼処此処に背の低い松が小杜《こもり》を作つてゐるばかりで、見たところ畑もなく家らしいものも見えない。寂《しん》として淋びしい磯の退潮の痕が日に輝つて、小さな波が水際を弄《もてあそ》んでゐるらしく長い線が白刃のやうに光つては消えて居る。無人島でない事はその山よりも高い空で雲雀《ひばり》が啼てゐるのが微かに聞えるのでわかる。田畑ある島と知れけりあげ雲雀、これは僕の老父の句であるが、山の彼方《むかう》には人家があるに相違ないと僕は思ふた。と見るうち退潮の痕の日に輝つてゐる処に一人の人がゐるのが目についた。たしかに男である。又た小供でもない。何か頻《しき》りに拾つては籠か桶《をけ》かに入れてゐるらしい。二三歩《ふたあしみあし》あるいてはしやがみ、そして何か拾ろつてゐる。自分は此淋しい島かげの小さな磯を漁つてゐる此人をぢつと眺めてゐた。船が進むにつれて人影が黒い点のやうになつて了つた。そのうち磯も山も島全体が霞の彼方に消えて了つた。その後今日が日まで殆《ほとん》ど十年の間、僕は何度此島かげの顔も知らない此人を憶ひ起したらう。これが僕の『忘れ得ぬ人々』の一人である。

長い引用をしたのは、ここでは、島かげにいた男は、「人」というよりは「風景」としてみられていることを示したかったからである。《其時油然《ゆうぜん》として僕の心に浮むで来るのは則ち此等の人々である。さうでない、此等の人々を見た時の周囲の光景の裡に立つ此等の人々である》。語り手の大津は、ほかにも「忘れえぬ人々」を沢山例にあげるが、それらはすべて右のように風景としての人間である。むろんそのこと自体は大して奇異でないようにみえる。しかし、独歩は風景としての人間を忘れえぬという主人公の奇怪さを、最後の数行においてあざやかに示している。

結末は、大津が秋山と宿で語りあってから二年後のことである。

其後二年経過《たつ》た。

大津は故あつて東北の或地方に住つてゐた。溝口の旅宿で初めて遇つた秋山との交際は全く絶えた。

恰度、大津が溝口に泊つた時の時候であつたが、雨の降る晩のこと。大津は独り机に向つて瞑想《めいさう》に沈むでゐた。机の上には二年前秋山に示した原稿と同じの「忘れ得ぬ人々」が置いてあつて、其最後に書き加へてあつたのは「亀屋の主人《あるじ》」であつた。「秋山」では無かつた。

つまり、『忘れえぬ人々』という作品から感じられるのは、たんなる風景ではなく、なにか根本的な倒錯なのである。さらにいえば、「風景」こそこのような倒錯において見出されるのだということである。すでにいったように、風景はたんに外にあるのではない。風景が出現するためには、いわば知覚の様態が変わらなければならないのであり、そのためには、ある逆転が必要なのだ。

『忘れえぬ人々』の主人公はつぎのように語っている。

「要するにぼくは絶えず人生の問題に苦しむでゐながら又た自己将来の大望に圧せられて自分で苦しんでゐる不幸《ふしあはせ》な男である。

「そこで僕は今夜のやうな晩に独り夜更て灯に向つてゐると此生の孤立を感じて堪へ難いほどの哀情を催《もよ》ほして来る。その時僕の主我の角《つの》がぼきり折れて了つて、何んだか人懐かしくなつて来る。色々の古い事や友の上を考へだす。其時油然として僕の心に浮むで来るのは則ち此等の人々である。さうでない、此等の人々を見た時の周囲の光景の裡に立つ此等の人々である。我れと他《ひと》と何の相違があるか、皆な是れ此生を天の一方地の一角に享《う》けて悠々たる行路を辿り、相携《たづさ》へて無窮の天に帰る者ではないか、といふやうな感が心の底から起つて来て我知らず涙が頬をつたふことがある。其時は実に我もなければ他もない、たゞ誰れも彼れも懐かしくつて忍ばれて来る。

ここには、「風景」が孤独で内面的な状態と緊密に結びついていることがよく示されている。この人物は、どうでもよいような他人に対して「我もなければ他もない」ような一体性を感じるが、逆にいえば、眼の前にいる他者に対しては冷淡そのものである。いいかえれば、周囲の外的なものに無関心であるような「内的人間」inner man において、はじめて風景がみいだされる。風景は、むしろ「外」をみない人間によってみいだされたのである。

4

ポール・ヴァレリーは、西洋の絵画史を風景画が浸透し支配する過程としてとらえている。

風景が画家に提供する興味は、かくのごとく、だんだんに変遷してきたのである。すなわち、初めは画の主題の補助物として、主題に従属せしめられていたものが、次に、妖精でも住んでいそうな、幻想的な新天地を表現することとなり、――最後に来たのが印象の勝利であって、素材或は光が、すべてを支配するようになった。

そして数年のうちに、絵画は人間のいない世界の諸像で氾濫するに至った。それは海とか、森とか、野原とかが、ただそれだけで、大多数の人々の眼を満足せしめるという傾向を意味している。そしてそれは、種々の重要な変化の原因となった。第一に、我々の眼は樹とか野原とかに対して、生物に対するほど敏感ではないために、画家は専らそれらを描くのによって比較的勝手な真似が出来るようになり、その結果として絵画においてそういう妄《みだ》りな独断をすることが当り前なことになった。例えば画家が、一本の木の枝を描くのと同じ乱暴さでもって人間の手や足を描いたならば、我々は驚くのに違いないのである。それは我々の眼に、植物界や鉱物界に属する事物の実際の形が容易く見分けられないからである。その意味で、風景描写には多くの便宜が与えられている。それで、誰でもが画をかくようになった。(吉田健一訳「ドガ・ダンス・デッサン」)

むろん彼は風景画に対して否定的であり、風景画に支配された結果、「芸術の理智的内容の減少」をまねき、芸術が「人間的に完全な者の行為であること」がみうしなわれたという。それと同時に、彼はこういっている。《私が絵画について述べたことは、全く驚くべき的確さを以て文学にも当嵌《あては》まるのである。すなわち文学の、描写というものによる侵略は、絵の風景画による侵略とほとんど同時に行われ、同じ方向を取り、同じ結果をもたらした》(「ドガ・ダンス・デッサン」)。

明治二十年代の正岡子規の「写生」には、それが文字通りあらわれている。彼は、ノートをもって野外に出、俳句というかたちで「写生」することを実行し提唱した。このとき、彼は、俳句における伝統的な主題をすてた。「写生」とは、それまでは詩の主題となりえなかったものを主題とすることなのである。もちろん、そこには、『忘れえぬ人々』にうかがわれるような一種のねじまがった悪意はなく、むしろ平板なリアリズムのようにみえる。しかし、実は「写生」そのものに、独歩と同質の転倒が潜在したことをみおとしてはならない。それはむしろ高浜虚子において顕在化するとしても、写生文がもちえた影響力の秘密はそこにあった。「描写」とは、たんに外界を描くということとは異質ななにかだった。「外界」そのものが見出されねばならなかったからである。

だが、それは視覚の問題ではない。知覚の様態を変えるこの転倒は、「外」にも「内」にもなく、記号論的な布置の転倒にこそあった。

宇佐美圭司が示唆するように、西欧中世の絵画と「山水画」は、「風景画」に対して共通したところがある。それは、前者の場合、いずれも「場」が超越論的なものだという点である。山水画家が松林を描くとき、まさに松林という概念（意味されるもの）を描くのであって、実在の松林ではない。実在の松林が対象としてみえてくるためには、この超越論的な「場」が転倒されなければならない。遠近法がそこにあらわれる。厳密にいえば、遠近法とはすでに遠近法的転倒として出現したのである。

だが、ここで注意すべきことは、「風景画」からみて類似的なものだとしても、西欧中世の絵画と「山水画」は異質だということであり、前者には「風景画」をもたらす要素があるのに後者にはないということだ。この点では、いわば山水画的な「場」を「漢意《からごころ》」に侵されたものとして批判した本居宣長を例にとってもよい。宣長は、日本人がものをみるとき、すでに漢文学による概念のなかでしかみていないこと、そして『源氏物語』には在るがままにものをみる視点があることを主張した。もちろん宣長がすでに近代の西欧をある程度意識していたということを考慮にいれなければならないが、このような批判はある意味で西欧近代のそれに類似している。しかし、これはどうしても「風景の発見」にはならないのだ。坪内逍遥の『小説神髄』(明治十八—十九年)は、西欧の「写実主義」と宣長の源氏論を結びあわせている。だが、逍遥の文体や宣長の文体からは、どうしても「風景」は出てこない。すると、「風景画」は、中世絵画を転倒するものだとしても、その源泉は後者にあるのだし、西欧に固有の何かによって生れてきたといわねばならない。それについてはべつに論じるだろう。

さしあたっていっておかねばならないのは、さきに引用したヴァレリーの考えには一つの盲点があるということだ。彼は、彼自身が西洋の絵画史に内属していることをみおとしている。たとえば、彼が「人間的に完全な者」として理想化するレオナルド・ダ・ヴィンチの作品でさえも、おそらく子規にとっては風景画以外の何ものでもなかっただろう。風景画を問題にするならば、すでにダ・ヴィンチを問題にしなければならないのであり、そうでなければ「風景画の侵略」が世界的な規模で生じたことの必然性を理解できない。

オランダの精神病理学者ファン・デン・ベルクは、西欧で最初に風景が風景として描かれたのは「モナリザ」においてだといっている。それについてのべる前に、彼はルッターの「キリスト者の自由」(一五二〇年)を例にあげ、そこに、一切の外的なものへの拒絶、ただ神の言葉によってのみ生きる「内的人間」をみとめている。興味深いことに、ダ・ヴィンチは、ルッターがそう書いた前年に死んでいる。リルケが示唆したように、モナリザの謎《なぞ》めいた微笑は、内的な自己《セルフ》を封じこめているわけだが、それはいわゆるプロテスタンティズムからくるのではなく、逆にプロテスタンティズムこそそのことの明瞭化にほかならない。ファン・デン・ベルクは、ルッターの草稿とモナリザは本質的に同じものだといい、さらにこうのべている。

同時にモナリザは、不可避的なことだが、風景から疎外された最初の人物(絵画における)である。彼女の背景にある風景が有名なのは当然だ。それは、まさにそれが風景であるがゆえに風景として描かれた、最初の風景なのである。それは純粋な風景であって、人間の行為のたんなる背景ではない。それは、中世の人間たちが知らなかったような自然、それ自身のなかに自足してある外的自然であって、そこからは人間的な要素は原則的にとりのぞかれてしまっている。それは人間の眼によって見られた最も奇妙な風景である。(英訳"The Changing Nature of Man"による)

もちろんこれは風景の萌芽にすぎず、あらゆる意味で風景画が支配的になるためには、十九世紀をまたねばならない。だが、すくなくとも、風景が、それまでの外界に対する疎遠化、同じことだが、極度の内面化によって見出される過程は正確につかまれている。それが全面的な規模で生じるのは、ロマン派においてである。『告白録』のなかで、ルソーは、一七二八年アルプスにおける自然との合一の体験を書いている。それまでアルプスはたんに邪魔な障害物でしかなかったのに、人々はルソーがみたものをみるためにスイスに殺到しはじめた。アルピニスト（登山家）は、文字通り、「文学」から生まれたのである。もちろん日本の〝アルプス〟もまた外国人によって見出されたのであり、登山もそこからはじまった。柳田国男がいうように、登山は、それまでタブーや価値によって区分されていた質的空間を変形し均質化することなくしてありえないのである。風景がいったん眼に見えるようになるやいなや、それははじめから外にあるようにみえる。ひとびとはそのような風景を模写しはじめる。それをリアリズムとよぶならば、実は、それはロマン派的な転倒のなかで生じたのである。

近代文学のリアリズムは、明らかに風景のなかで確立する。なぜならリアリズムによって描写されるものは、風景または風景としての人間——平凡な人間——であるが、そのような風景ははじめから外にあるのではなく、「人間から疎遠化された風景としての風景」として見出されなければならないからである。

たとえば、シクロフスキーは、リアリズムの本質は非親和化にあるという。つまり、見なれているために実は見ていないものを見させることである。したがって、リアリズムに一定の方法はない。それは、親和的なものをつねに非親和化しつづけるたえまない過程にほかならない。この意味では、いわゆる反リアリズム、たとえばカフカの作品もリアリズムに属する。リアリズムとは、たんに風景を描くのではなく、つねに風景を創出しなければならない。それまで事実としてあったにもかかわらず、だれもみていなかった風景を存在させるのだ。したがって、リアリストはいつも「内的人間」なのである。

明治二十六年に、北村透谷はつぎのように書いている。

……写実《リアリズム》は到底、是認せざるべからず、唯だ写実の写実たりや、自から其の注目するところに異同あり、或は特更《ことさら》に人間の醜悪なる部分のみを描画するに止まるもあり、或は更に調子の狂ひたる心の解剖に従事するに意を籠むるもあり、是等は写実に偏《かたよ》りたる弊の漸重したるものにして、人生を利することも覚束なく、宇宙の進歩に益するところもあるなし。吾人は写実を厭ふものにあらず、然れども卑野なる目的に因って立てる写実は、好美のものと言ふべからず。写実も到底情熱を根底に置かざれば、写実の為に写実をなすの弊を免《まぬか》れ難し。（「情熱」）

透谷が写実の根底にみる「情熱」が何を意味するかは、すでに明瞭である。それは彼のいう「想世界」、つまり内的なセルフの優位のなかではじめて写実が写実として可能だということである。それこそ逍遥が欠いていたものにほかならない。

そうだとすれば、ロマン派とリアリズムを機能的に対立させることは無意味である。その対立にとらわれているかぎり、われわれはその対立自体を派生させた事態をみることができない。漱石はそれらを二つの要素として「割合」においてみようとした。むろんこのようなフォルマリスト的視点は、この対立それ自体が歴史的なものであることをみない。しかし、すくなくとも漱石は、それらを通時的な文学史によって考えようとしなかった。

中村光夫は、「我国の自然主義文学はロマンティックな性格を持ち、外国文学ではロマン派の果した役割が自然主義者によって成就された」（「明治文学史」）といっている。だが、たとえば、国木田独歩のような作家がロマン主義か自然主義かを論議することは馬鹿げている。彼の両義性は、ロマン派とリアリズムの内的な連関を端的に示すのみである。西洋の「文学史」を規範とするかぎり、それは短期間に西洋文学をとりいれた明治日本における混乱の姿でしかないが、むしろここに、西洋においては長期にわたったために、線的な順序のなかに隠蔽されてしまっている転倒の性質、むしろ西洋に固有の転倒の性質を明るみに出す鍵がある。

明治二十年代におこったこの事態を理解するためには、リアリズムやロマン派といった概念を放棄しなければならない。実際には、明治文学は、漱石が否定しようとした「文学史的分類」によって論じられている。そのなかで、例外的なものとして、子規と虚子の「写生文」を通じて、この出来事に肉薄しようとした江藤淳の「リアリズムの源流」（新潮昭和四十六年十月号）をあげることができる。そこでは、「描写」がものを描くことではなく、「もの」そのものの出現にあること、それゆえに「もの」と「言葉」との新たな関係が出現することがとらえられている。

それは認識の努力であり、崩壊のあとに出現した名づけようのない新しいものに、あえて名前をあたえようとする試みである。いいかえればそれは、人間の感受性、あるいは言葉と、ものとのあいだに、新しい生きた関係を成立させようとする「渇望」の表現でもある。リアリズムという新理論が西洋から輸入されたから、リアリズムでやろうというのではない。「知らずや、二人の新機軸を出したるは消えなんとする灯火に一滴の油を落したるものなるを」。彼らはものに直面せざるを得ない場所にいるから、「新機軸」を立てたのだと、子規は主張するのである。

したがって、虚子も碧梧桐も、「古来在りふれた俳句」を去って「写生」におもむくほかない。芭蕉が確立し蕪村が開花させた俳諧の世界が、江戸期の世界像とともに「将に尽きん」とするとき、それ以外に俳句を、いや文学を蘇《そ》生《せい》させるどんな手段があるかと、子規は必死に反問しているように思われる。（「リアリズムの源流」）

むろん、江藤淳がいうように、子規と虚子には微妙な喰いちがいがあった。子規にとって、「写生」の客観性は自然科学的なものに近いのであり、そこでは、「言葉は言葉としての自律性を剥奪されて、無限に一種透明な記号に近づくことになる」。しかし、子規と虚子の「対立」は、「風景」――江藤淳のいうもの――の出現においてのみあらわれたのであり、同時的なのである。

国木田独歩はいうまでもなく「写生文」の影響をうけている。だが、「文学史」でいう〝影響〟なる概念をとり去ってみるならば、明治二十年代に、彼らがそれぞれ出会っていたのが「風景」だということは疑いをいれない。江藤淳のいう「リアリズムの源流」は同時に「ロマン主義の源流」でもあって、私がそれを「風景の発見」として語るのは、文学史＝文壇史的な党派性を排除するためだけではなく、すでに「風景」によって生じた認識的な布置に慣れてしまったわれわれの起源を問うためである。

5

すでにのべたように、リアリズムとロマン主義はいずれもある事態から派生したのであり、そのかぎりでは「文学史」的な概念ではありえない。たとえば、ハロルド・ブルームは、われわれはロマン派のなかにあり、それを否定することそのものがロマン派的なものだといっている。T・S・エリオットも、サルトルも、レヴィ＝ストロースもまたロマン派に属するのである。反ロマン派的なものがロマン派の一部にほかならないことをみるには、ワーズワースの『プレリュード』や、哲学においてそれに相当するヘーゲルの『精神現象学』をみればよい。そこには、すでにロマン派的な主観的精神から客観的精神への「意識の経験」、あるいは「成熟」が書かれている。つまり、われわれは、反ロマン派的であること自体がロマン派的であるような「ロマン派のディレンマ」に依然として属している。しかし、それを「リアリズムのディレンマ」といいかえてもさしつかえない。なぜなら、リアリズムはたえまない非親和化の運動であり、反リアリズムこそリアリズムの一環にほかならないからである。この困難がいかなるものかをみるためには、むろん狭義のロマン主義・リアリズムといった概念から離れなければならない。

たとえば、『忘れえぬ人々』では、それまで重要なものとみえた人々が忘れられ、どうでもよいような人々が〝忘れえぬ〟ものとなっている。これは、風景画において、背景が宗教的・歴史的な主題にとってかわるのと同じである。注目すべきことは、このとき平凡で無意味にみえる人々が意味深いものとして見えてきたことである。柳田国男が昭和になってから常民と名づけたものは、けっして common people ではなく、右のような価値転倒によってみえてきた風景なのである。また、そうだからこそ、柳田は最初用いた平民や農民という具体的なものを指示する言葉をしりぞけねばならなかった。

中村光夫はそれを正確に指摘している。《彼（柳田）の民俗学に志した動機には、「凡人の伝」に詩を感じ、「此川岸に立つ茅屋の一家族の歴史は如何。其老夫が伝記は如何。彼一個の石、これ人情の記念にあらざるか……こゝに自然と人情と神の書かれたる記録存す」と叫んだ独歩に共通するものがあつたと思われます》（「明治文学史」）。

民俗学が誕生するためには、その対象が存在しなければならない。ところが、その対象としての常民はこのようにして発見されたのである。柳田国男において、風景論と民俗学がいつも結びついているのはそのためだ。そして、彼の民俗学がほとんど「言葉」の問題だといってよいのは、高浜虚子が感じていたように、風景とは言葉の問題にほかならないからである。

柳田の風景論はべつに論ずるとして、注意すべきことは、彼にとって「民」は、「風景」として「民」である前に、儒教的な「経世済民」の「民」であったということである。この二重性が、柳田の思想を両義的たらしめている。この両義性は〝柳田主義〟のなかでみうしなわれるが、柳田は十分に「明治の人間」（漱石）、いいかえれば「風景」以前の世界に属していたのである。

むしろ大衆・平凡な生活者が純粋な風景として見出されたのは、小林秀雄においてである。マルクス主義にとってのプロレタリアートは、いうまでもなくロマンティックな風景である。だが、それに対して、観念やイデオロギーにたぶらかされない、したたかな生活者というイメージは、反ロマンティックであるとしても、やはりロマン派的なのだ。プロレタリアートが実在しないならば、そのような大衆もまた実在しないのである。この点では、吉本隆明のいう「大衆の原像」も同様であって、それは「像」として存するのである。

小林秀雄の批評は、「ロマン派のディレンマ」を全面的に示している。彼にとっては、「時代意識は自意識より大き過ぎもしなければ小さ過ぎもしない」(「様々なる意匠」)。いいかえれば、われわれが「現実」とよぶものは、すでに内的な風景にほかならないのであり、結局は「自意識」なのである。小林秀雄がたえずくりかえしてきたのは、「客観的なもの」ではなく「客観」にいたろうとすること、「自意識の球体を破砕する」ことだったといえる。だが、そのことの不可能性を小林秀雄ほど知っていた者はいない。たとえば、彼の『近代絵画』は風景画論であり、さらにそこにある「遠近法」から脱しようとするはてしない認識的格闘の叙述である。だが、小林秀雄だけでなく、『近代絵画』の画家たちもまた「風景」から出られなかったのであり、日本の浮世絵やアフリカのプリミティヴな芸術に彼らが注目したことすら「風景」のなかでの出来事なのである。だれもそこから出たかのように語ることはできない。私がここでなそうとするのは、しかし風景という球体から出ることではない。この「球体」そのものの起源を明らかにすることである。

6

風景がいったん成立すると、その起源は忘れさられる。それは、はじめから外的に存在する客観物のようにみえる。ところが、客観物《オブジェクト》なるものは、むしろ風景のなかで成立したのである。主観あるいは自己《セルフ》もまた同様である。主観（主体）・客観（客体）という認識論的な場は、「風景」において成立したのである。つまりはじめからあるのではなく、「風景」のなかで派生してきたのだ。

江戸時代の絵画に遠近法、あるいは距離の意識が欠けているのは、彼らが風景をもっていなかったということだが、それは西欧の中世絵画についてもあてはまる。すでに示唆《しさ》したように、そのちがいこそ重要だとしても。したがって、絵画に生じたことはまったく同様に哲学にも生じている。デカルトのコギトは、いわば遠近法の産物なのだ。「われ思う」という主体は、遠近法において不可避的にせり出されてきたのである。ちょうどそのとき、思惟《しい》される対象が均質で物理学的なものとして、つまり延長としてあらわれた。これは、「モナリザ」において、背景が非人間化された風景としての風景となったのと同じである。

S・K・ランガーは「近代哲学」がいわばこの風景の上で堂々めぐりをしながら、そこから脱しえない袋小路の状態を、つぎのように要約している。

数世紀にわたり、伝統は実を結ばず、理窟はこね回され、哲学上の党派根性がつづいたが、やがて、ルネサンスから生れてきた多くの名もない異端的な、しばしば首尾一貫しない見解が、一般的究極的な問題として結晶してきた。一つの新しい人生観が、人間精神に対して、その昏迷《こんめい》の世界に筋道を通すことを迫った。こうして「自然哲学および精神哲学」のデカルト時代が哲学の領域を継承したのである。

この新しい時代は、すべての実在をそれぞれ〝内的経験〟と〝外的世界〟、主観と客観、個人的実在と公共的真理とに二分する強力で革命的な創造的観念を、手中に入れた。今日すでに伝統的となっている認識論の用語そのものが、この根本的概念の秘密を明らかにしている。われわれが「与えられた」とか、「感覚与件」とか、「現象」とか、「他我」などという場合、当然われわれは内的経験の直接性と外的世界の連続性とを予想している。次に示す基本的な問いは、そのような用語から組み立てられている。「人間の精神に現実に与えられているものは何か。」「感覚与件が真であることを保証するものは何であるか。」「現象についての観察可能な秩序の背後にひそんでいるものは何であるか。」「精神と頭脳との関係は何であるか。」「われわれはどのようにして他我を知ることができるのか。」——すべてこれらは今日おなじみの問題である。これらの問題に対する解答が精巧に仕上げられて、いくつかのそれぞれまとまった思想体系になっている。すなわち、経験論、観念論、実在論、現象学、実存哲学、論理実証主義などがそれである。これらの学説のうちで、最も完全で特徴的なものは、最も初期のもの、すなわち経験論と観念論である。それらは、経験（experience）という新しい創造的観念の精いっぱいの一途な力強い定式化である。それらの提唱者たちはデカルト的な方法から霊感を与えられた熱狂者であり、また彼らの学説は、そのような出発点から、その原理を用いて、そこにあきらかに含まれていたものを導出したものである。各学派はつぎつぎに知識階級を魅了した。単に大学のみでなく、あらゆる文人グループも、古ぼけた息づまるような概念からの解放を、人々の意気を沮《そ》喪《そう》させる探究の限界からの解放を感じ、また生活、芸術、行動に対して、いっそう真実な定位ができるという希望をいだいて、新しい世界像を歓迎したのである。

だが、まもなく、その新しい世界像に内在する混乱と暗影とが、はっきりしてきた。そしてその後の学説は、主観—客観の二分法から生ずるディレンマの両方の角——ホワイトヘッド教授はこれを「自然の二分岐」と呼んでいる——の間を種々なしかたで逃げようとした。その後、あらゆる学説はますます洗練され、用心深く、また巧妙となってきた。だれ一人として全然憚《はばか》るところもなく観念論者にはなりえないし、また全面的に経験論にも与《くみ》しえない。初期の実在論は今日「素朴」実在論として知られ、「批判的」

または「新」実在論がそれに取って代わっている。多くの哲学者はどの体系的世界観をもはげしく否定し、原則として、形而上学を否認するのである。(矢野万理他訳「シンボルの哲学」)

だが、今日の哲学が「風景」のなかでそこから出ようとしているかぎり、けっしてそこからは出られないだろう。近代画家が原始的芸術をとりこんだように、「野性の思考」(レヴィ＝ストロース)をとりこんでも、結局は同じことなのだ。レヴィ＝ストロースのなかでは、最先端のテクノロジーとルソー的なロマン主義が逆説的に結びついている。だが、それらはいずれも「風景」の産物なのだ。必要なのは、この「風景」そのものの起源(歴史性)を明るみに出すことである。

西欧において、それを「問題化」したのは、それぞれちがった意味においてだが、マルクス、ニーチェ、フロイトだといってよい。たとえば、ニーチェは認識論的な構図そのものを、「遠近法的倒錯」とよんでいる。彼の考えでは、遠近法自体が遠近法的倒錯なのであり、「内面化」の産物なのである。それは、自己・コギト・意識・内部なるものが、内向的な転倒のなかで成立したということである。

もちろん、西欧的なものの歴史性を明らかにするために、初期ギリシャにまで遡行せねばならないニーチェとちがって、漱石は「近代文学」あるいは「風景」以前の存在感覚を保持していた。彼自身が「風景の発見」に立ちあったのである。またそこに、われわれは、西欧において何世紀にもわたるために忘却されたことが、ある一定の期間に一挙に生じているさまを目撃しうる。

明治二十年代は、欽定憲法の発布をはじめ、近代国家としての諸制度が一応確立した時期である。中村光夫は、「明治十年代が一種の疾風怒《しっぷうど》濤《とう》時代とすれば、二十年代は統制と安定の時期といえます」といっている。明治以後に育った者たちにとっては、この秩序はすでに堅固なものとして映っている。あるいは、明治維新後の可塑的な可能性がすでに閉ざされてしまったものとしてうつっている。

中村光夫は、明治十年代の自由民権運動に関して、つぎのようにいっている。

> この運動は、ともかく維新という大きな改革の論理的な発展であり、そこにはこの社会革命によつて呼びさまされた民衆の大きな希望が託されていたからです。この運動を通じてこれまで士族の専有であつた維新の精神がようやく民衆のあいだに浸透しかけたので、その挫折は、すべての革命を起す要素としてそのなかに含まれ、その進行の途中で変えられる理想主義の破滅でした。士族の困窮が大きな社会問題になつたのは明治初年ですが、これは彼等の間に得意の境遇にある少数者と失意に陥つた多数者ができたということで、政治や文化の支配権は問題なく士族の手中にありました。それが西南戦争

を経て、明治十七八年ごろになると、士族そのものが階級として解消して行く傾向がはっきりでてくるので、学生の間でも平民の子弟がようやく数を増し、明治の社会は武士の出身者がつくりあげた町人国家としての面目をようやく明かにしてきます。

ここにやがて出現する実利と出世主義の支配する軍国主義国にたいして、自由と民権の幻は、維新の気風をうけついで青年たちが生命をかけるに足ると信じた最後の理想であつたので、それが失われたのち、消しがたい形でのこされた精神的空白は、やがて政治小説とはまつたく違つた形で、表現の道を見出しました。（「明治文学史」）

このことは、ある意味では漱石についてもあてはまるだろう。漱石は、正岡子規、二葉亭四迷、北村透谷、国木田独歩といった同時代者が実践的に苦闘していたとき、「洋学隊の隊長」としての道を歩んでおり、しかもそのなかでいつもそこから逃亡したい衝動に駆られていた。彼がなしうるのは、すでに彼が選択した「英文学」に対して、そのなかで一つの決着をつけることであり、それは〝理論的〟であるほかなかった。だが、小説家としての漱石は、この時期の「選択」と「遅れ」の問題に固執していたようにみえる。そこからみれば、「漢文学」によって漱石が象徴していたのは、むしろ近代的な諸制度が確立する前の雰囲気だといってよいかもしれない。それは「政治小説」が流行した時期にあたっている。そして、漱石のいう「英文学に欺かれたるが如き」感は、成立した制度が欺瞞でしかなかったことに対応するといえる。

しかし、「風景の発見」という問題に関して、「政治的挫折」やキリスト教の影響といったものをもちこむことはできない。それらは心理的な理由であるが、実は「心理的人間」こそはじめてこの時期にあらわれたのだ。「心理」をある独立した次元においてみることこそ、すなわち心理学こそ歴史的なものである。明治二十年代において重要なのは、近代的な制度が確立したこと、そして「風景」がたんに反制度的なものとしてでなく、まさにそれ自体制度として出現したということである。

近代文学を扱う文学史家は、「近代的自己」なるものがただ頭のなかで成立するかのような考え方をしている。しかし、すでにいったように、自己《セルフ》が自己として存在しはじめるには、もっとべつの条件が必要なのだ。たとえば、フロイトは、ニーチェと同様に、「意識」を、はじめからあるのではなく「内面化」による派生物としてみる視点をとっている。フロイトの考えでは、それまで内部も外界もなく、外界が内部の投射であった状態において、外傷《トローマ》をこうむりリビドーが内向化したとき、内面が内面として、外界が外界として存在しはじめる。ただし、フロイトはこうつけ加えている。《抽象的思考言語がつくりあげられてはじめて、言語表象の感覚的残滓《ざんし》は内的事象と結びつくことになり、それによって、内的事象そのものが、しだいに知覚されるようになったのである》（西田越郎訳「トーテムとタブー」）。

フロイト流にいえば、政治小説または自由民権運動にふりむけられていたリビドーがその対象をうしなって内向したとき、「内面」や「風景」が出現したといってもよい。しかし、くりかえしていえば、フロイトは、心理学が歴史的なものであること、いいかえればそれ自体が「風景」と同様に、ある制度のなかで出現したことをみていない。たとえば、森鷗外が「歴史小説」においてかいたのは、非「心理的人間」である。晩年の鷗外は、あたうかぎり、「風景」や「心理」の以前に遡行しようとした。われわれが心理学的にみることができるのは、明治二十年代以後の文学者たちだけであるが、しかし、それによっては「心理的人間」そのものを発生させたこの事態をみることはできない。

しかし、フロイトの説においてもっとも重要なのは、「内部」(したがって外界としての外界)が存在しはじめるのは、「抽象的思考言語がつくりあげられてはじめて」可能だといっていることである。われわれの文脈において、「抽象的思考言語」とはなにか。おそらく「言文一致」がそれだといってよい。言文一致は、明治二十年前後の近代的諸制度の確立が言語のレベルであらわれたものである。いうまでもないが、言文一致は、言を文に一致させることでもなければ、文に言を一致させることでもなく、新たな言＝文の創出なのである。

もちろん言文一致が憲法制度と同じく「近代化」の努力であるかぎりは、それはけっして「内部」の言語たりえない。むしろ、鷗外や透谷のように、この時期の〝内向的〟作家らは文語体に向かったのであり、「言文一致」の運動そのものもすぐに下火になった。それが再燃しはじめたときは、すでに虚子や独歩の時期、すなわち二十年代末である。

むろん、例外的なものとして、二葉亭四迷の『浮雲』（明治二十—二十二年）をあげることができる。しかし、彼はロシア語で書くかぎり「内部」や「風景」をもつのに、いざ日本語で書こうとすれば、たちまち人情本や馬琴の文体にとりこまれ流されてしまう。彼の苦痛は、すでに「風景」をみいだしていながら、それを日本語においてみいだしえなかったところにある。独歩の時期には、すでにそのような苦労はなくなっている。実際、独歩が影響をうけたのは、『浮雲』ではなく、ツルゲーネフの翻訳である『あひびき』などの文体である。

独歩にとって、内面とは言（声）であり、表現とはその声を外化することであった。このとき、実は「表現」という考えがはじめて存在しえたのである。それ以前の文学について、「表現」として論ずることはできない。「表現」は、言＝文という一致によって存在しえたのだ。だが、独歩が二葉亭のような苦痛を感じなかったということは、彼にとってすでに「言文一致」が近代的な制度であることが忘却されていたということである。そこでは、「内面」そのものの制度性・歴史性が忘れさられている。いうまでもなく、われわれもまたその地層の上にある。われわれを閉じこめているものが何であるかを明らかにするためには、その起源を問わねばならないが、その鍵は、「言葉」が露出すると同時に隠蔽されたこの時期をさらに検討することにある。

Ⅱ　内面の発見

1

いわゆる言文一致の運動は、幕末に前島密《ひそか》が『漢字御廃止之義』を建白したことにはじまるとされている。前島は幕府の開成所反訳方であり、長崎遊学中に知りあったアメリカ人宣教師から「難解多謬《たびう》の漢字」による教育の不都合を説かれたのがきっかけだったといわれている。

国家の大本は国民の教育にして、其教育は士民を論ぜず国民に普《あまね》からしめ、之を普ねからしめんには成る可く簡易なる文字文章を用ひざる可らず、其深邃《しんすい》高尚なる百科の学に於けるも、其文字を知り得て其事を知る如き難渋《なんじふ》迂遠なる教授法を取らず、渾《すべ》て学とは其事理を解和するに在りとせざる可らずと奉存《ぞんじたてまつり》候。

最も早いこの提言は、言文一致の運動の性格をよく示している。第一に、言文一致は近代国家の確立のためには不可欠なものとみなされている。事実、この提言自体は無視されたが、明治十年代後半に近代国家としての諸制度が確立されようとするとき、大きな問題として浮かび上ってきたのである。「かなのくわい」（明治十六年七月）や「羅馬《ローマ》字会」

（明治十八年一月）が結成されたのは、鹿鳴館時代といわれる時期である。この時期には、「演劇の改良」や「詩の改良」があり、さらに「小説の改良」がつづいた。だが、それらは広い意味で「言文一致」の運動のなかに包摂されるものだといってよい。

第二に、前島密の提言が興味深いのは、一般に考えられているような言文一致とはちがって、「漢字御廃止」ということを主題にしていることである。それは、言文一致の運動が根本的には文字改革であり、漢字の否定なのだということを明確に示している。前島密がいわゆる言文一致について語るのは、わずかに次のような条りにおいてだけである。

国文を定め文典を制するに於ても、必ず古文に復し「ハベル」「ケル」「カナ」を用ふる儀には無御座《ござなく》、今日普通の「ツカマツル」「ゴザル」の言語を用ひ、之に一定の法則を置くとの謂《いひ》に御座候。言語は時代に就て変転するは中外皆然るかと奉存候。但、口舌にすれば談話となり、筆書にすれば文章となり、口談筆記の両般の趣《おもむき》を異にせざる様には仕度事に奉存候。

これだけを言文一致の思想としてとりだすことは、「言文一致」の運動の本質をみのがすことになるだろう。肝心なのは文字改革なのであって、右の意見は派生的なものである。もともと話し言葉と書き言葉はちがっている。それは「話す」ことと「書く」こととが異質な行為だからにすぎない。したがって、それらが一致している言語などはけっしてありえない。日本語だけがとくにひどいということはできないのである。問題は、前島がいうように、文字表記にあった。

「言文一致」の運動は、なによりも「文字」に関する新たな観念からはじまっている。幕府反訳方の前島密をとらえたのは、音声的文字のもつ経済性《エコノミー》・直接性・民主性であった。彼にとって、西欧の優位はその音声的文字にあると思われたのであり、したがって音声的文字を日本語において実現することが緊急の課題だとみなされたのである。音声的文字は、音声を写すものと考えられる。実際、ソシュールは言語について考えたとき、文字を二次的なものとして除外している。「漢字御廃止」の提言に明瞭にうかがわれるのは、文字は音声に仕えなければならないという思想である。このことは、必然的に話し言葉への注目となる。いったんそうなれば、漢字が実際に〝廃止〟されようとされまいと、実は同じである。すでに、漢字も音声に仕えるものとみなされており、漢字を選ぶか仮名を選ぶかは選択の問題にすぎないからである。

したがって、文字をそのようなものとみなしたとき、前島が話し言葉に注目したのは当然であり、またそこから話し言葉と書き言葉の乖離《かいり》が問題として出てきたのである。それまで、それは「問題」ではなかった。重要なのは、話し言葉への意識が、音声的文字への意識から生じたということである。

ところで、前島密がまず「ツカマツル」や「ゴザル」といった語尾を問題にしたことに注意すべきである。「言文一致」が当初からまるで語尾の問題であるかのようになっていったのは、日本語の性質からくる必然だった。日本語は、つねに語尾において、話し手と聞き手の「関係」を指示せずにおかないからであり、またそれによって「主語」がなくても誰のことをさすかを理解することができる。それはたんなる語としての敬語の問題ではない。時枝誠記がいうように、日本語は本質的に「敬語的」なのである。この場合、前島は「ツカマツル」とか「ゴザル」を用いるように提言しているが、それは武士という身分またはそのような「関係」と切りはなすことはできない。

二葉亭はつぎのように回想している。

言文一致に就いての意見、と、そんな大した研究はまだしてないから、寧《むし》ろ一つ懺悔《ざんげ》話をしよう。それは、自分が初めて言文一致を書いた由来——も凄まじいが、つまり、文章が書けないから始まつたといふ一伍一什《いちぶしじふ》の顚末《てんまつ》さ。

もう何年ばかりになるか知らん、余程前のことだ。何か一つ書いて見たいとは思つたが、元来の文章下手で皆目《かいもく》方角が分らぬ。そこで、坪内先生の許へ行つて、何うしたらよからうと話して見ると、君は円朝の落語を知つてゐよう、あの円朝の落語通りに書いて見たら何うかといふ。

で、仰せの儘《まま》にやつて見た。所が自分は東京者であるからいふ迄もなく東京弁だ。即ち東京弁の作物が一つ出来た訳だ。早速、先生の許へ持つて行くと、篤《とく》と目を通して居られたが、忽ち礑《はた》と膝を打つて、これでいゝ、その儘でいゝ、生じつか直したりなんぞせぬ方がいゝ、とかう仰有《おつしや》る。

自分は少し気味が悪かつたが、いゝと云ふのを怒る訳にも行かず、と云ふもの、、内心少しは嬉しくもあつたさ。それは兎に角、円朝ばりであるから無論言文一致体にはなつてゐるが、茲《ここ》にまだ問題がある。それは「私が……で厶《ござ》います」調にしたものか、それとも、「俺はいやだ」調で行つたものかと云ふことだ。坪内先生は敬語のない方がいゝと云ふお説である。自分は不服の点もないではなかつたが、直して貰はうとまで思つてゐる先生の仰有る事ではあり、先づ兎《と》も角もと、敬語なしでやつて見た。これが自分の言文一致を書き初めた抑《そもそ》もである。

暫くすると、山田美妙君の言文一致が発表された。見ると、「私は……です」の敬語調で、自分とは別派である。即ち自分は「だ」主義、山田君は「です」主義だ。後で聞いて見ると、山田君は始め敬語なしの「だ」調を試みて見たが、どうも旨《うま》く行かぬと云ふので「です」調に定めたといふ。自分は始め、「です」調でやらうかと思つて、遂に「だ」調にした。即ち行き方が全然反対であつたのだ。（「余が言文一致の由来」）

二葉亭四迷は「敬語なし」の「だ調」を試みたというが、「だ」はやはり相手に対する関係を示しているのだから、広義の〝敬語〟であることにかわりはない。われわれが話し言葉で「だ」を用いるとき、ふつう同格または目下の者との関係においてである。「です」であっても、「だ」であっても、本当は同じことで、関係を超越したニュートラルな表現ではない。にもかかわらず、「だ」調が支配的になっていったのは、それがいわば「敬語なし」に近くみえたからだと思われる。そして、二葉亭四迷が山田美妙と「行き方が全然反対であつた」のは、同じように話し言葉をとりいれたとしても、二葉亭はそれを書き言葉に向けて抽象化しようとしていたからである。いいかえれば、二葉亭の方が「文」が何たるかを理解していたのである。

しかし、言文一致の運動をこうした「語尾」の問題に還元してしまうことはできない。その角度からのみ言文一致の運動をみることは、その根源をみないことである。二葉亭四迷や山田美妙の実験は、たとえば森鷗外の『舞姫』（明治二十三年）のような文語体が好評を博したとき、たちきえてしまった。したがって、一般には、明治二十三年から二十七年までは、言文一致の停滞期と目されている。しかし、『舞姫』の文体をみてみよう。

　或る日の夕暮なりしが、余は獣苑を漫歩して、ウンテル、デン、リンデンを過ぎ、我がモンビシユウ街の僑居に帰らんと、クロステル巷の古寺の前に来ぬ。余は彼の灯火の海を渡り来て、この狭く薄暗き巷に入り、楼上の木欄《おばしま》に干したる敷布、襦袢《はだぎ》などまだ取入れぬ人家、頰髭《ほほひげ》長き猶太《ユダヤ》教徒の翁が戸前に佇《たたず》みたる居酒屋、一つの梯《はしご》は直ちに楼《たかどの》に達し、他の梯は窖《あなぐら》住まひの鍛冶《かぢ》が家に通じたる貸家などに向ひて、凹字の形に引籠みて立てられたる、此三百年前の遺跡を望む毎に、心の恍惚となりて暫し佇みしこと幾度なるを知らず。

これを「言文一致」といわれる『浮雲』の書き出しと比べてみればよい。

千早振《ちはーふ》る神無月《かみなづき》も最早《もはや》跡二日の余波《なごり》となツた廿八日の午後三時頃に、神田見附《かんだみつけ》の内より、塗渡《とわた》る蟻、散る蜘蛛《くも》の子とうよ〱ぞよ〱沸出《わき》でゝ来るのは、孰《いづ》れも顋《おとがひ》を気にし給ふ方々。しかし熟々《つらつらみ》見て篤《とく》と点検すると、是れにも種々《さまざま》種類のあるもので、まづ髭から書立てれば、口髭、頰髯、顋《あご》の鬚、暴《やけ》に興起《おや》した拿破崙髭《なぽれおんひげ》に、狆《ちん》の口めいた比斯《びす》馬克髭《まるくひげ》、そのほか矮鶏髭《ちゃぼひげ》、貉髭《むじなひげ》、ありやなしやの幻の髭と、濃くも淡《うす》くもいろ〱に生《はえ》分《わか》る。……

『舞姫』の文章を英訳することはたやすい。文語体ではあるが、その骨格は完全に翻訳体であり、また〝写実的〟である。他方、『浮雲』はほとんど翻訳不可能であり、さまざまなヒゲが列記されているけれども、一向〝写実的〟ではない。そうだとすれば、二葉亭が筆を折り、「言文一致」が停滞したというのは俗説にすぎない。『浮雲』はなかば人情本や馬琴の文体で書かれているのであって、語尾が「だ」であっても、「言文一致」というべきものではなかった。むろん彼はそのことに非常に不満をもち、『浮雲』第二編では、まずロシア語で書いてみて、それを口語に翻訳したという。現在のわれわれにとって、それを想像することは困難である。

しかし、それはつぎのようなことを意味している。第一に、二葉亭はロシア文学を通して得た自己意識をもちながら、人情本や馬琴の文体のもつ引力に抗しきれなかったということだ。それもまた一種の文語体にほかならなかったのであり、話し言葉とはちがった位相に存在したのである。第二に、二葉亭が「言文一致」で書くためには、日本語の従来の話し言葉と書き言葉のいずれからも離れなければならなかったということである。「言文一致」において見出されるべき話し言葉は、もはや実際の話し言葉とはちがったなにかなのだ。

鷗外の文体は語尾だけ変えればただちに現在の文章体になおしうる。したがって、それは必ずしも言文一致からの後退ではない。むしろ、「言文一致」の本質からいえば、『舞姫』の方が『浮雲』よりはるかに前進しているといえる。むしろ、そこに「言文一致」の問題をみるべきなのである。

2

さきに、私は言文一致の本質は文字改革であり、いわば「漢字御廃止」にあると述べた。むろん、実際に漢字を廃止するか否かが問題なのではない。問題は、そこにおいて「文」（漢字）の優位が根底的にくつがえされたことであり、またそれが音声的文字の思想によってなされたということである。「文」の優位ということはさまざまなコンテクストで考えることができる。だからまた、一見無関係な相異なる領域で生じた変化は、広い意味で「言文一致」の展開としてみられることができる。

柳田国男は『紀行文集』（帝国文庫、昭和五年）で、「近世著名なる旅行家の紀行文で、自分が少年期以来再三読し、今後も若し出来るならば又読んで見ようと思ふもの若干」を編輯《へんしゅう》したが、そのなかでこういっている。

……名は均《ひと》しく紀行とあつても、一方は詩歌美文の排列であり、他の一方は記述を専らとし、旅人はその事実の陰に只《ただ》つつましやかに自ら語るに過ぎぬものであつて、之を一架《いっか》に統括することは甚しく読者子の思索を紛乱《ふんらん》せしめる。紀氏の土佐日記を始として、古来世に行はるゝ紀行の書なるものは、寧ろ前者の方が日本には多かつた。従つて後世新たに出現した風土観察の書は、往々《わうわう》にして文学の愛好者によつて、意外な俗文として疎《うと》んじ棄てられる懸念があつたと共に、更に此種の記録を世に遺さんとする者として、無益の彫琢《てうたく》に苦辛《くしん》せしめるやうな結果をさへ見たのである。

柳田は「風景の発見」が事実上、紀行「文」の変化にほかならないことを語っている。それはさしあたって「詩歌美文の排列」、つまり「文」からの解放を意味する。しかし、日本人が長いあいだ名所の風景だけを風景として眺め、また「詩歌美文の排列」に充足してきたのはなぜなのか。むろん、その風景は漢文学との出会いによって与えられたものであり、『古今集』がその基本的な規範だった。この点では、本居宣長も他と異なるところがない。「貫之は下手な歌よみにて古今集はくだらぬ集に有之候」（「再び歌よみに与ふる書」明治三十一年）と叫んだ正岡子規とは異質なのだ。

しかし、逆にいえば、人々が「詩歌美文の排列」にすこしも厭きなかったのは、実際の風景などより「文」の風景の方が現実的だったからである。先に私は、「山水画家が松林を描くとき、まさに松林という概念（意味されるもの）を描くのであって、実在の松林ではない。実在の松林が対象としてみえてくるためには、この超越論的な『場』が転倒されなければならない」と述べた。そのような場において、たとえば「松林」という概念は、空々しいものではなく、むしろ活き活きとした感性的なものだったはずである。

T・S・エリオットはこういっている。

ダンテの想像力は視覚的な性質のものだった。しかし、それは、静物画を描く今日の画家の想像力が視覚的であるのとはちがった意味なので、ダンテが、まだ人間が幻想にみまわれる時代に生きていたということなのである。（「ダンテ」）

それは中世の人間が形象的思考をしていたということであり、そこではキリスト教的な先験的な概念がヴィジュアルに存在したということである。「言文一致」以前の日本の詩人たちについて、ある点で類似したことがいえるだろう。蕪村の俳句がどんなに〝絵画的〟（子規）にみえても、それは子規が考えたようなものではなく、子規の「写生」における視覚性とはまったく異質なのである。

坪内逍遥は馬琴における「勧善懲悪」の寓意をしりぞけた。だが、二葉亭四迷でさえ、馬琴の文体にひきずられていたことは何を意味するだろうか。われわれにはもはや想像することが難しくなっているが、馬琴が支配的だった時代には、彼の寓意はたとえ概念的であっても十分に視覚的だったのだというべきだろう。

たとえば、前島密は、松平という字に「マッタイラ」「マッヒラ」「マッヘイ」「シヤウヘイ」「シヤウヒラ」などという呼び方があり、どう読んでよいかわからないのを、「世界上に其例を得さる奇怪不都合なる弊」といっている。しかし、松平という字は音声なしに直接に意味を喚起《かんき》する。同様のことが、「さみだれや大河を前に家二軒」（蕪村）という句についていえる。われわれはこの句をいわば視覚的に理解しうる。子規がいうのとはちがって、蕪村の句の絵画性は、音声と形象という二重性によって可能だというべきである。前島密のいうように「万人一目一定音を発する利」をもったとすれば、それは成立しなくなる。

のみならず、「形象」からの解放は、「音声」すなわち韻律からの解放でもある。のちにのべるように、日本の詩歌は漢字を媒介することによって成立したのであり、韻律もまた形象とからみあっているからである。

今日の写生文は、吾々の一派が創《はじ》めたものである、といつてもよからうと思ふ。また、恐らくは世間もさう許してくれること、信ずる。尤も、明治文学の新機運を促がした坪内逍遥氏の『当世書生気質』は、最も早き一種の写生文であつたが、なほ七五調に縛られて、古い形式に泥《なづ》んでゐた気味がある。その後に起つた硯友社一派の新運動も、また写生的ではあつたが、然しなほ旧来の戯作者系統を免かれなかつた。今からあの当時の文学界を顧《かへりみ》れば、古い鋳型《いがた》を脱せんとしながら、しかもそれを脱しては小説が書けないといふ気味があつた。

丁度その頃である。西洋画家——自分等が直接に接したのは中村不折氏である——が、写生といふことを唱へ出した。在来の日本画家の説を聞くと、女郎花《をみなへし》の下には鶉《うづら》がゐなければならぬ、蘆《あし》があれば、雁を描かねばならぬと、古人の描き来つた型を尊重して、かの能楽や歌舞伎などと等しく、偏《ひと》へに旧慣のみを墨守《ぼくしゅ》してゐた。然るに、西洋画家はこれに反して、古人の書いた型をその儘踏襲するのは陳腐《ちんぷ》である、日に見る自然界を写生して、そこから新らしいものを取つて来ねばならぬと主張した。（高浜虚子「写生文の由来とその意義」）

虚子のこの指摘で注目すべきことは、第一に、彼らが「七五調に縛られて古い形式に泥んでゐた」という点である。二葉亭の『浮雲』はそのよい例だ。彼がそのように活きた韻律に支配されていたということは、彼がまだ「写生」としてあるような視覚性をもっていなかったということである。逆にいえば、「言文一致」は、韻律としてある先験性を否定することなくしてありえなかったのである。さらに、このことは虚子が示唆するように、「能楽や歌舞伎」についてもあてはまる。すでにのべたように、「演劇の改良」や「詩歌の改良」は、共時的に「言文一致」の運動のなかに入るのであり、またそのようにみるかぎりで、「言文一致」の運動の性質を理解しうるのである。

3

明治の文学史を小説に偏した眼でみないならば、「演劇の改良」こそ最も重要な事件のように思われる。いわば小説に偏した眼そのものが、そこから生じてきたのだから。鹿鳴館時代とよばれる欧化主義の絶頂期、明治十九年には、伊藤博文や井上馨などを発起人とする演劇改良会が組織されている。文学芸術の領域で、何をさておいても「演劇の改良」が明治政府の後援でおしすすめられたことは注目に値する。それは、ちょうど前島密が「言文一致」が日本の近代的制度の確立に不可欠と考えたのと同じような意味で、不可欠だと思われたのである。「小説の改良」すなわち「近代小説」は、そのような連関のなかでのみ存在する。中村光夫はいう。《改良会の実際の事業はほとんど見るべきものはなく、間もなく消滅しましたが、この我国の社会でも芸術の位置を改良によって高めようとする機運は、たんに演劇だけでなく、明治芸術の諸部門の勃興《ぼっこう》に大きな力として働いたので、逍遥の小説革新はこの大きな時代の波に乗り、それに内容を与えたものといえます》(『明治文学史』)。

ところで、「演劇の改良」は露骨な欧化主義の波に乗る前に、明治十年代にすでに進行していた。それを担ったのは、新富座の俳優市川団十郎と、座付作者河竹黙阿弥である。

市川団十郎が当時大根役者と言はれたのは、その演技が新しかつたからである。彼は古風な誇張的な科白《せりふ》をやめて、日常会話の形を生かした。また身体を徒らに大きく動かす派手な演技よりも、精神的な印象を客に伝へる表現を作り出すのに苦心した。それは守田勘弥の企てた演劇改良の思想と一致するものであつた。明治時代の新しい知識階級者は、団十郎のこの写実的でかつ人間的な迫力のある演技に次第に慣れ、彼を認めて当代第一の役者と見なすに至つた。（伊藤整「日本文壇史」1）

団十郎の演技は「写実的」であり、すなわち「言文一致」的であった。もともと歌舞伎は人形浄瑠璃にもとづいており、人形のかわりに人間を使ったものである。「古風な誇張的な科白」や「身体を徒らに大きく動かす派手な演技」は、舞台で人間が非人間化し「人形」化するために不可欠だったのである。歌舞伎役者の、厚化粧で隈取《くまど》られた顔は「仮面」にほかならない。市川団十郎がもたらし、のちの新劇によっていっそう明瞭に見出されたのは、いわば「素顔」だといえる。

しかし、それまでの人々は、化粧によって隈取られた顔にこそリアリティを感じていたといえる。いいかえれば、「概念」としての顔にセンシュアルなものを感じていたのである。それは、「概念」としての風景に充足していたのと同じである。したがって、「風景の発見」は素顔としての風景の発見であり、風景についてのべたことはそのまま演劇についてあてはまる。

レヴィ＝ストロースは、素顔と化粧・刺青の関係についてこういっている。《原住民の思考のなかでは、すでにみたように、装飾は顔なのであり、むしろ装飾が顔を創ったのである。顔にその社会的存在、人間的尊厳、精神的意義を与えるのは、装飾なのである》(「構造人類学」)。顔は、もともと形象として、いわば「漢字」のようなものとしてあった。顔としての顔は「風景としての風景」(ファン・デン・ベルク)と同様に、ある転倒のなかではじめて見えるようになるのだ。

風景が以前からあるように、素顔ももとからある。しかし、それがたんにそのようなものとして見えるようになるのは視覚の問題ではない。そのためには、概念(意味されるもの)としての風景や顔が優位にある「場」が転倒されなければならない。そのときはじめて、素顔や素顔としての風景が「意味するもの」となる。それまで無意味と思われたものが意味深くみえはじめる。

たとえば、柳田国男は『山の人生』の冒頭に、山のなかであった子供殺しの事件を引用して、つぎのようにいう。《我々が空想で描いて見る世界よりも、隠れた現実の方が遥かに物深い。又我々をして考へしめる。是は今自分の説かうとする問題と直接の関係は無いのだが、斯んな機会で無いと思ひ出すことも無く、又何人も耳を貸さうとはしまいから、序文の代りに書き残して置くのである》。

このような転倒こそ私が「風景の発見」とよんだものである。ついでにいえば、柳田は『浮雲』を読んで、才子佳人でなく平凡な人物が主人公であることに驚いたという。「平凡人」（国木田独歩）とは無意味な人物である。が、このとき、どこにもある、ありふれた素顔が意味を帯びはじめたのだ。

伊藤整は、市川団十郎が「精神的な印象を客に伝へる表現を作り出すのに苦心した」というのだが、実際は、ありふれた（写実的な）素顔が何かを意味するものとしてあらわれたのであり、「内面」こそその何かなのだ。「内面」ははじめからあったのではない。それは記号論的な布置の転倒のなかでようやくあらわれたものにすぎない。だが、いったん「内面」が存立するやいなや、素顔はそれを「表現」するものとなるだろう。演技の意味はここで逆転する。市川団十郎がはじめ大根役者とよばれたことは象徴的である。それは、二葉亭四迷が、「文章が書けないから」言文一致をはじめたというのと似ている。

それまでの観客は、役者の「人形」的な身ぶりのなかに、「仮面」的な顔に、いいかえれば形象としての顔に、活きた意味を感じとっていた。ところが、いまやありふれた身ぶりや顔の“背後”に意味されるものを探らなければならなくなる。団十郎たちの「改良」はけっしてラディカルなものではなかったが、そこには坪内逍遥をしてやがて「小説改良」の企てに至らしめるだけの実質があった。

すでに、このような演劇改良の本質が「言文一致」と同一であることは明らかだろう。私は「言文一致」は文字改革にあり、「漢字御廃止」にあるのだと述べた。文字は、もともと音声とは別個にある。ルロア＝グーランがいうように、絵から文字が生じたのではなく、表意文字から絵が生じたのである。そのような文字の根源性をみえなくさせてきたのは、音声と文字が音声的文字として結合してからである。しかし、われわれは中国人ともちがった独得の漢字の経験からその問題を考える手がかりをもっている。

漢字においては、形象が直接に意味としてある。それは、形象としての顔が直接に意味であるのと同じだ。しかし、表音主義になると、たとえ漢字をもちいても、それは音声に従属するものでしかない。同様に、「顔」はいまや素顔という一種の音声的文字となる。それはそこに写される（表現される）べき内的な音声＝意味を存在させる。「言文一致」としての表音主義は「写実」や「内面」の発見と根源的に連関しているのである。

4

「詩歌の改良」は、もっと明瞭に表音主義（音声中心主義）を示している。とくに注目すべきなのは、山田美妙の『日本韻文論《いんぶん》』（明治二十三年）である。彼は日本語の音韻を分析し、韻文の方法を基礎づけようとした。一言でいえば、彼はそれまで拍子（五・七調など）でしか考えられていなかったところに、アクセントの高低という視点をもちこんだのである。アクセントの高低がうまくあっていないなら、たとえ五七調になっていても「韻文」ではない、と彼は考える。明らかに、これは西洋詩の考えの導入にすぎない。にもかかわらず、重要なのは、彼がそのとき自明視されていた韻律を相対化しようとしたことである。そこで相対化されたのは、リズムとしての身体だったといっていいかもしれない。装飾された顔がはじめて顔であったように、リズムをもった身体が身体であったとすれば、このとき見出された身体は、デカルトが考えたような機械としての身体である。

このことは、正岡子規の『獺祭書屋俳話《だっさいしょおくはいわ》』（明治二十五年）の、「俳句の前途」というエッセイにおいてさらに顕著である。

数学を修めたる今時の学者は云ふ。日本の和歌俳句の如きは一首の字音僅《わづか》に二三十に過ぎざれば、之を錯列法《パーミユテーション》に由て算するも其数に限りあるを知るべきなり。語を換へて之をいはゞ和歌（重に短歌をいふ）俳句は早晩其《その》限りに達して、最早此上に一首の新しきものだに作り得べからざるに至るべしと。

而して世の下るに従ひ平凡宗匠、平凡歌人のみ多く現はるゝは罪其人に在りとはいへ、一は和歌又は俳句其物の区域の狭隘なるによらずんばあらざるなり。人問ふて云ふ。さらば和歌俳句の運命は何れの時にか窮まると。対《こた》へて云ふ。其窮り尽すの時は固《もと》より之を知るべからずと云へども、概言すれば俳句は已《すで》に尽きたりと思ふなり。よし未だ尽きずとするも明治年間に尽きんこと期して待つべきなり。和歌は其字数俳句よりも更に多きを以て数理上より算出したる定数も亦《また》遥かに俳句の上にありといへども、実際和歌に用ふる所の言語は雅言《がげん》のみにして其数甚だ少なき故に其区域も俳句に比して更に狭隘なり。故に和歌は明治已《い》前に於て略《ほぼ》々尽きたらんかと思惟するなり。

「短歌命数論」として知られる子規のこの意見は、短詩形文学を支えている秘密が何であるかを逆に示している。むろんそれは韻律である。散文にいいかえれば大した意味内容をもたない短歌が〝意味〟をもつのは、韻律によってである。だが、子規においてそれはたんに字数としてみられている。いいかえれば、そのとき、短歌や俳句が線的な音声的文字としてみられている。彼の「写生」の主張は、このことと無関係ではない。「写生」は、形象やリズムとしての身体から解放されたとき、はじめて可能だからだ。高浜虚子が、「坪内逍遥氏の『当世書生気質』は、最も早き一種の写生文であつたが、なほ七五調に縛られて……」というのは、このことである。子規のいう「写生」が、俳句や短歌にとどまらず、「写生文」として拡大されていったのも、もともとそれが韻律から自由であり、たとえ韻律的であってもすでに操作しうる対象としてあったからである。むしろ子規の「短歌命数論」は、伝統的な韻律をとってしまったとき、詩は何によって詩でありうるのかという根本的な問いとして問われるべきものであった。

ところで、和歌の韻律は「文字」の問題とどう関係しているだろうか。国学者は、荷田《かだの》在満《ありまろ》の「国歌八論」以来、音声によって唱われた歌と、書かれた歌の差異を問題にしてきたといえる。本居宣長において、『古事記』の歌謡は唱われたものであり、歌謡の祖形だとみなされた。吉本隆明は、賀茂真淵が指摘したように、それらは祖形であるどころか、すでに〝高度〟なレベルにあるという。

いま『祝詞』には、「言ひ排《そ》く」、「神直び」、「大直び」という耳なれない語が、おおくみつけられる。はじめに〈いひそく〉、〈かむなほび〉、〈おほなほび〉という言葉があった。成文化するとき漢音字をかりて、「言排」、「神直備」、「大直備」と記した。これが〈言ひ排く〉、〈神直び〉、〈大直び〉と読みくだされる。この過程は、なんでもないようにみえて、表意、あるいは表音につかわれた漢字の形象によって、最初の律文化がおおきな影響をこうむった一端を象徴している。〈いひそく〉、〈かむなほび〉、〈おほなほび〉といえば、すくなくとも『祝詞』の成立した時期までは、あるあらたまった祭式のなかに登場した和語であった。〈いひそく〉の〈そく〉はたぶん、ありふれた言葉として流布されていた。「なほび」という言葉は、神事、あるいはその場所などにかかわりのある言葉としてあった。〈かむ〉とか〈おほ〉とかは尊称をあらわしていた。そのころの和語は、適宜に言葉を重ねてゆけば、かなり自在な意味をもたせることができたとみられる。しかし、これを漢字をかりて「言排」、「神直備」、「大直備」のように表記して、公的な祭式の言葉としたとき、なにか別の意味が、漢字の象形的なイメージ自体からつけ加えられた。これは和語の〈聖化〉のはじまりであり、〈聖化〉も律文、韻文化へのひとつの契機と解すれば、ここにすでに歌の発生の萌芽のようなものは、あった。成句や成文となれば、さらに律化、韻化の契機はふかめられた。語句の配列はそのものので、ひとつの律化だからである。(「初期歌謡論」)

この注目すべき吉本隆明の考えにしたがえば、歌の発生、あるいは韻律化はそもそも漢字を契機としている。宣長が祖形とみなすような「記」、「紀」の歌謡は、文字を媒介しなければありえないような高度な段階にある。それは音声で唱われたとしても、すでに文字によってのみ可能な構成をもっている。《たぶん、宣長は、〈書かれた言葉〉と〈音声で発せられた言葉〉との質的なちがいの認識を欠いていた。すでに書き言葉が存在するところでの音声の言葉と、書き言葉が存在する以前の音声の言葉とは、まったくちがうことを知らなかった》(同右)。

ここからみると、子規の立っていた位相がよくみえるように思われる。子規にとって、文字とはすでに音声的文字であった。つまり、文字は書き写す手段にすぎず、漢字はたんにその一つにすぎなかったのである。一方、国学者は「漢字」を排除しようとしたにもかかわらず、まさに韻律そのものにおいて「漢字」の支配下にあった。宣長が『古今集』を範とする伝統的歌学のなかにあったのは、そのためである。子規にとって、それはまったく問題にならなかった。そのかわり、子規においては「書く」ことに関する問題意識がすっかりなくなってしまっている。それは、「写す」ということに還元されてしまう。

しかし、私が問題にしてきたのは、写すということがいかなる記号論的布置において可能なのかということである。事物があり、それを観察して「写生」する、自明のようにみえるこのことが可能であるためには、まず「事物」が見出されなければならない。だが、そのためには、事物に先立ってある「概念」、あるいは形象的言語（漢字）が無化されねばならない。言語がいわば透明なものとして存在しなければならない。「内面」が「内面」として存在するようになるのは、このときである。

5

日本の近代文学は、いろんな言い方はあっても、要するに「近代的自我」の深化として語られるのがつねである。しかし、「近代的自我」がまるで頭の中にあるかのようにいうのは滑稽である。それはある物質性によって、こういってよければ〝制度〟によってはじめて可能なのだ。つまり制度に対抗する「内面」なるものの制度性が問題なのである。「政治と文学」という発想——概して明治二十年代の文学もそれによって説明されている——は、その起源を問わないかぎり、不毛である。

したがって、私は「内面」から「言文一致」運動をみるのではなく、その逆に、「言文一致」という制度の確立に「内面の発見」をみようとしてきた。そうでなければ、われわれは「内面」とその「表現」という、いまや自明且つ自然にみえる形而上学をますます強化するだけであり、そのこと自体の歴史性をみることはできない。たとえば、『浮雲』や『舞姫』における「内的格闘」を云々するとき、ひとはそれらの文字表現《エクリチユール》を等閑《とうかん》に付している。まるで、「内面」がエクリチュールの問題と切りはなされて存在するかのように。重要なのは、「内面」がそれ自体として存在するかのような幻想こそ「言文一致」によって確立したということである。

さきに、私は、風景がいわば外界に関心をもつ人間によってでなく、外界に背を向けた「内的人間」によって見出されたと述べた。それは、「内的人間」なるものが先にあってそれが風景を見出したということではないし、また、私はそれを心理学的にみているのではない。たとえば、江戸時代でも、〝内向的〟な人間はいたし、過剰な自意識をもった人間がいたにきまっているのだ。私のいう「内面の発見」はそのようなものではありえない。

ファン・デン・ベルクの考えでは、西欧で最初に風景が風景として描かれたのは、レオナルド・ダ・ヴィンチの「モナリザ」であり、そこには、風景から疎外された最初の人間と、人間的なものから疎外された最初の風景がある。だが、モナリザという人物の微笑はなにを表現しているのかと問うてはならない。そこに「内面性」の表現をみてはならない。おそらく事態はその逆なのだ。「モナリザ」には概念としての顔ではなく、素顔がはじめてあらわれた。だからこそ、その素顔は「意味するもの」として内面的な何かを指示してやまないのである。「内面」がそこに表現されたのではなく、突然露出した素顔が「内面」を意味しはじめたのだ。そして、このような転倒は、風景が形象から解放され「純粋の風景」として存在したことと同時であり、同一である。

いうまでもないが、ダ・ヴィンチは科学者だった。しかし、画家であり科学者であることは、なんら矛盾しない。なぜなら、内面性と近代科学は深く結びついているからである。たとえば、デカルトのいう〝延長〟(思惟対象)は、そのように「人間的なものから疎外された風景」にほかならない。それは、中世の質的に意味づけられた形象的空間とは無縁である。そして、彼のいう「コギト」は、そこにおいてのみ存する。「内面の発見」は、たんなる自己意識や「実存」の意識とは区別されなければならない。たとえば、実存主義者はパスカルに彼らの先祖をみいだしている。しかし、「無限の空間の沈黙が私を恐怖させる」(「パンセ」)と書くとき、パスカル――彼自身傑出した科学者だった——が恐怖したのは、近代天文学によって見出された空間だったのだ。中世の人間は「無限の空間」などというものを知らなかった。また、パスカルは「私はなぜここにいて、あそこにいないのか」と問う。この問いもまた近代的なものだ。なぜなら、ことあそこが質的に異なる空間だった中世の位階的な世界像においては、このような問いはありえないからである。そこでは、ひとびとは、ここにいてあそこにいない「理由」をもっていた。ちょうど、江戸時代の人間が、自分は百姓であって武士でないということをすこしも不思議と思わなかったようにである。このような問いは、均質的な空間、または市民社会においてのみ可能である。

したがって、パスカルの「実存」は、近代科学の世界像と密接に連関しているのであり、アウグスティヌスの「実存」とは異質なのだ。今日の「実存主義」的思考は、「実存」から出発するとき、まさにそれが何によって可能なのかを忘却している。つまり、「内面」からはじめる者は、そのことの歴史性（起源）を忘却しているのである。

晩年のフッサールは、「内面」から遡行してその起源を問おうとしたといえる。たとえば、「太陽は東から昇り西に沈む」というのは経験的に当然のようにみえる。それはわれわれの知覚に合致している。しかし、コペルニクスが地動説をとったのは、観察された惑星の運動が太陽を中心として考えれば数学的により整合的になるという理由からであった。このように日常的・経験的事実に「背を向ける」ことは、ガリレイにおける解析幾何学の導入によって確立された。客観性は、もはや知覚によってではなく、数学の超越論性によってのみ保証される。つまり、われわれが「客観的には地球が太陽のまわりをまわっている」というとき、それを保証しているのは経験ではなく、数学なのである。だが、そのことが忘れさられると、あたかも「客観物」がそのようなものとして在るかのようにみえる。それこそ、フッサールが「ヨーロッパ諸科学の危機」とよんだものにほかならない。

ところで、すでにガリレイのもとで、数学的な基底を与えられた理念性の世界が、われわれの日常的な生活世界に、すなわちそれだけがただ一つ現実的な世界であり、現実の知覚によって与えられ、そのつど経験され、また経験されうる世界であるところの生活世界に、すりかえられているということは、きわめて重要なこととして注意されねばならない。（木田元訳「ヨーロッパ諸科学の危機と超越論的現象学」）

そこで、フッサールは、数学の先験性そのものの〝起源〟を問う。もとより、それは歴史学的な問題ではない。なぜなら、歴史学もまた「諸科学」の一つとして、いわば数学に支えられているからである。簡単にいえば、もともと実践的であり測量術としてあった図形が幾何学として超越化されたところに、数学の超越論性がある。いいかえれば、「形象」の抑圧にこそ、超越論的なものの起源がある。

しかし、問題なのは数学それ自体ではない。ジャック・デリダがいうように、形象の抑圧とは音声の優位であり、音声中心主義こそフッサールの「現象学」そのものに内在するからである。そこにおいてみるならば、明治における近代科学や近代国家の制度の導入という一見明らかなものよりも、「言文一致」がはるかに根源的であり、しかもその正体が秘されたままであるということを理解できるだろう。

さきに引用したように、柳田国男は、日本の紀行文は「詩歌美文の排列」で、事実の記述がとぼしく、「学術的価値」がないといったのだが、類似したことを、のちに坂口安吾が語っている。彼が信長について書こうとして調べたとき、フロイスをはじめとする宣教師たちの報告が実に客観的で精確で描写的であるのに対して、日本人の側の史記は抽象的・一般的で何一つ具体的なことがわからないという。

このような観察の仕方にくらべますと、ヨーロッパ人たちの物事の見方というものは、個々の事物にしかない、それぞれその物事自体にしかあり得ないところの個性というものを、ありのままに眺めて、それをリアルに書いておりますので、それだけに非常に資料価値が高いのであります。（「ヨーロッパ的性格、ニッポン的性格」）

柳田国男が「学術的価値」といい、坂口安吾が「資料価値」というとき、彼らが近代的な「知《サイエース》」（科学）のなかにあることはいうまでもない。おそらく、数学よりも「記述」にこそ西欧的な知（科学）の本質があらわれているといえる。動物行動学者《エソロジスト》K・ローレンツの次の指摘は、それを逆に証している。

いわゆる自然科学の厳密性は、その対象の複雑さや統合水準にはすこしも関係がなく、結局は研究者の自己批判やその方法の明晰《めいせき》さにかかっている。物理や化学はふつう「精密科学」と呼んでいるが、それはほかの自然科学に対する中傷である。たとえば、自然研究は数学をふくんでいるほど科学的であるとか、科学の本質は「測定できるものを測定し、測定できないものを測定できるようにすること」であるというようなおなじみの発言は、認識論的にも人間的にも科学をもっともよく知っているはずである人の口から発せられる最も馬鹿馬鹿しいナンセンスである。

このような知ったかぶりが誤っていることは今証明できるが、にもかかわらずそれは今なお科学像に影響をあたえている。できるだけ物理学に似た方法をもちいることは現代の流行であり、しかもそれは、その方法が当の対象の研究に成果を約束するかどうかでよいのだ。しかし、物理学もふくめて、いかなる科学も記述をもってはじまり、記述された現象を整理し、それからその中にある法則性をひきだすのである。（日高敏隆訳

『文明化した人間の八つの大罪』)

ローレンツが批判するような偏見をすててみるならば、子規や虚子が手帖をもって野外に出、「写生」してまわったとき、彼らはまさに「科学的」だったのだ。しかし、逆にいえば、「記述」に専念することのなかに、すでに一つの転倒が、超越論的な「内面」をもたらす転倒がかくされていた。彼ら自身はいわゆる内面的な人間ではなかったが、「内面」はそこに基礎づけられるのである。

明治の人々は、西欧の諸観念を受けとった。むろんその影響は重要である。しかし、本当に重要なのは、そのような諸観念よりも、むしろマテリアルな形式である。明治二十年末に、「言文一致」が確立されたとき、すなわちもはや「言文一致」の意識すらなくなるほどにそれが定着したとき、「内面」が典型的にあらわれたのである。

6

国木田独歩の『武蔵野』(明治三十一年一月)を特徴づけているのは、風景が名所から切断されていることである。名所とは、歴史的・文学的な意味(概念)におおわれた場所にほかならない。しかし、そのような切断は、明治二十八年北海道の開拓に出かけた経験を書いた『空知川の岸辺』（明治三十五年）において、もっとラディカルである。

我国本土の中でも中国の如き、人工稠密《ちうみつ》の地に成長して山をも野をも人間の力で平《たひら》げ尽したる光景を見慣れたる余にありては、東北の原野すら既に我自然に帰依《きえ》したるの情を動かしたるに、北海道を見るに及びて、如何で心躍らざらん、札幌は北海道の東京でありながら、満目《まんもく》の光景は殆ど余を魔し去つたのである。

林が暗くなつたかと思ふと、高い枝の上を時雨がサラ〳〵と降つて来た。来たかと思ふと間もなく止んで森《しん》として林は静まりかへつた。

余は暫くジツとして林の奥の暗くなつて居る処を見て居た。

社会が何処にある、人間の誇り顔に伝唱する「歴史」が何処にある。此場所に於て、此時に於て、人はたゞ「生存」其者の、自然の一呼吸の中に托されてをることを感ずるばかりである。露国の詩人は曾て森林中に坐して、死の影の我に迫まるを覚えたと言つたが、実にさうである。又た曰《いは》く「人類の最後の一人が此の地球上より消滅する時、木の葉の一片も其為にそよがざるなり」と。

そこからみれば、マルクスがいったように、われわれのみる「自然」はすでに人間化されたものであり、また柳田国男がいったように、風景は「人間が作る」ものである。ここには、「歴史」を、政治的または人間的出来事としてではなく、「人間と自然の交渉」（柳田）において見出す視点がある。それは、「文」の外にある風景の発見によってもたらされた。そのようなラディカルな切断は、『武蔵野』において、つぎのような視点を可能にしている。

武蔵野には決して禿山《はげやま》はない。しかし大洋のうねりの様に高低起伏して居る。それも外見には一面の平原の様で、寧ろ高台の処々が低く窪《くぼ》んで小さな浅い谷をなして居るといつた方が適当であらう。此谷の底は大概水田である。畑は重に高台にある、高台は林と畑とで様々の区画をなして居る。畑は即ち野である。されば林とても数里にわたるものなく否、恐らく一里にわたるものもあるまい、畑とても一眸《いちぼう》数里に続くものはなく一座の林の周囲は畑、一頃《けい》の畑の三方は林、といふ様な具合で、農家が其間に散在して更らにこれを分割して居る。即ち野やら林やら、たゞ乱雑に入組んで居て、忽ち林《たちま》に入るかと思へば、忽ち野に出るといふ様な風である。それが又た実に武蔵野に一種の特色を与へて居て、こゝに自然あり、こゝに生活あり、北海道の様な自然そのまゝの大原野大森林とは異《ことなっ》て居て、其趣も特異である。

「林と野とが斯くも能く入り乱れて、生活と自然とが斯の様に密接して居る処が何処にあるか」と、独歩はいう。このような「生活」は、柳田のいう「隠れた現実」であり、「常民」の生活にほかならない。柳田の民俗学は、西洋の民俗学の輸入としてではなく、そのような「風景の発見」によって見出されたのである。

独歩の『武蔵野』のもう一つの特徴は、「観察と記述」にある。たとえば、彼は武蔵野を地理的に劃定《かくてい》する。そこで重要なのは、「僕の武蔵野の範囲の中には東京がある。しかし之は無論省かなくてはならぬ、なぜなれば我々は農商務省の官衙《かんが》が巍峨《ぎが》として聳《そび》え居たり、鉄管事件の裁判が有つたりする八百八街によつて昔の面影を想像することが出来ない」というような条《くだ》りである。それが意味するのは、東京という政治的歴史は、武蔵野という「人間と自然の関係」としての歴史の一部にすぎないという認識である。いいかえれば、「風景の発見」は、そのまま「歴史の発見」なのである。

国木田独歩の新しさはそのような〝切断〟にある。彼自身はそれをつぎのように説明している。

《徳川文学の感化も受けず、紅露二氏の影響も受けず、従来の我文壇とは殆んど全く没関係の着想・取扱・作風を以て余が製作も初めた事に就ては必ず基本源がなくてはならぬ。基本源は何であるかと自問して、余はワーズワースに想到したのである》(「不可思議なる大自然」)。

しかし、大切なのは、「頭」ではなく「手」である。西欧文学からどんな影響を受けようが、二葉亭四迷がそうだったように、「書く」ことはまったく別のことがらだからだ。『武蔵野』で彼がくりかえして引用するのは、ツルゲーネフの風景描写であり、しかも、それは二葉亭四迷の翻訳にほかならなかった。

風景は新たな書記表現《エクリチュール》によってのみ可能だった。『浮雲』（明治二十―二十二年）や『舞姫』（明治二十三年）に比べて目立つのは、独歩がすでに「文」との距離をもたないようにみえることである。彼はすでに新たな「文」に慣れている。この慣れは、べつの観点からいえば、彼が「表現」しうる「内面」をもったということを意味する。彼において、言葉はもはや話し言葉や書き言葉といったものではなく、「内面」に深く降りている。というよりも、そのようなときにはじめて「内面」が、直接的で現前的なものとして自立するのである。同時に、このときから「内面」の起源が忘却されるのだ。

たとえば、ルソーは明治十年代の自由民権運動に決定的な影響を与えている。しかし、ルソーの「影響」とはなにか。というより、ルソーとは何者なのか。たとえば、それまで旅する者にとって障害物にすぎなかったアルプスの山中で「風景」を見出したルソーがおり、『告白録』を書いたルソーがおり、政治思想家ルソーがいる。ルソー自身が矛盾にみちた多義的な存在である。

スタロバンスキーは『透明と障害』のなかで、多義的なルソーのテクストに、一つの明確な視点を与えた。それは「透明」という問題にかかわる。ルソーにとって、自己意識だけが透明なものだと、彼はいう。それは自己自身にとっての直接的な現前性《プレザンス》のみが透明で、それ以外のものは二次的であいまいで不透明だということである。この不透明なものへの怒りと、透明な直接性をもっていた（と彼の信ずる）原始人への賛美が、彼の政治・文化論となっている。

ところで、この不透明性への攻撃がまず文字表現にむけられたのは当然である。文字表現は二次的なものであり、直接的な透明性を裏切るものである。しかしまた、ルソーにとって、音声表現もまたそれ自体では重要ではない。重要なのは、自分自身が聴く音声、内的な音声であり、それだけが透明なのである。そこでは、《主体と言語はもはや相互に外的なものではなくなる。主体は感動であり、感動はただちに言語なのである。主体、言語、感動はもはや区別されない》（「透明と障害」）。そこに、スタロバンスキーはルソーの「新しさ」をみる。

ここではじめて、ルソーの作品のもたらしたこの上ない新しさが考えられるのだ。言語活動は、依然として媒介の道具でありながら、直接的な経験の場となったのである。言語活動は作者の内面の「根源」に固有なものであると同時に審判に直面すること、すなわち普遍性によって正当化される欲求を証明している。このような言語活動は古典的な「言語表現《デイスクール》」とはいかなる共通点をもたず、それに比べてかぎりなく傲慢で、不安定なものである。言葉は真正な自我として存在するが、他方では、完全な真正性はなお欠けており、充足はなおかち取らるべきであり、証人が同意を拒否するならば、なにごとも保証されていないことを示している。文学作品は作家と一般大衆のあいだに「第三者」として介在する真実にたいして読者の賛同をもはや求めず、作家は作品によって自己を示し、その個人的体験の真実にたいして賛同を求める。ルソーはこのような問題を発見したのであり、近代文学の態度となるような新しい態度（ジャン・ジャックが責任を負わされてきた感傷的なロマンティシズムの向う側に）をまさしくつくりだしたのであり、自我と言語の危険な約束、つまり人間がみずからを言葉にするような「新しい結合」を典型的なやり方で実践した最初の人だということができよう。（山路昭訳「透明と障害」）

おそらく国木田独歩の「新しさ」もそれに類似している。彼の根本的な「障害」は、彼の「透明」、すなわち「主体と言葉が相互に外的でない」ような「新しい結合」にこそ胚《はい》胎《たい》するのだ。友人が自殺したあとのことを書いた『死』（明治三十一年）は、すでに彼の「障害」が何であるかを告げている。

医師は極めて「死」に対して冷淡である、しかし諸友とても五十歩百歩の相違に過ぎない、吾等は生から死に移る物質的手続を知ればもう「死」の不思議はないのである、自殺の源因が知れた時はもう其れ丈けで何の不思議もないのである。

自分は以上の如く考へて来たら丸で自分が一種の膜の中に閉ぢ込められてゐるやうに感じて来た、天地凡《すべ》てのものに対する自分の感覚が何んだか一皮隔てゝゐるやうに思はれて来てたまらなくなつた。

そして今も悶いてゐる自分は固く信ずる、面《フエース》と面《ツーフエース》、直ちに事実と万有とに対する能はずんば「神」も「美」も「真」も遂に幻影を追ふ一種の遊戯たるに過ぎないと、しかしてたゞ斯く信ずる計りである。

これは、『牛肉と馬鈴薯』では、もっと極端にあらわれている。主人公の岡本は、「驚きたい」という「不思議なる願」をもつ。彼の願いとは、「宇宙の不思議を知りたいといふ願ではない、不思議なる宇宙を驚きたいといふ願」であり、『死の秘密を知りたいといふ願ではない、死てふ事実に驚きたいといふ願」であり、また、信仰そのものではなく「信仰無くしては片時たりとも安ずる能はざるほどに此宇宙人生の秘義に悩まされんことが僕の願」なのである。

国木田独歩は、自分が自分自身から隔てられているように感じている。そこに不透明な

「一種の膜」がある。「驚く」ということはそれを突破することであり、「透明」に到達することだ。そこには、まるで「真の自己」なるものがあるかのような幻影が根をおろしている。この幻影は、「文」が二次的なものとなり、自己自身にとって最も近い「声」――それが自己意識である――が優位になったときに成立する。そのとき、内面にはじまり内面に終るような「心理的人間」が存在しはじめるのである。

7

日本の近代文学は、国木田独歩においてはじめて書くことの自在さを獲得したといえる。この自在さは、「内面」や「自己表現」というものの自明性と連関している。私はそれを「言文一致」という文字表現《エクリチュール》の問題として考えてきた。あらためていえば、内面が内面として存在するということは、自分自身の声をきくという現前性が確立するということである。ジャック・デリダの考えでは、それが西洋における音声中心主義であり、その根底には音声的文字（アルファベット）がある。プラトン以来、文字はたんに音声を写すものとしておとしめられてきたのであり、意識にとっての現前性すなわち「音声」の優位こそ西欧の形而上学を特徴づけているというのである。

日本の「言文一致」運動が何をはらんでいたかはすでに明瞭である。くりかえしていうように、それは形象（漢字）の抑圧である。そう考えたとき、夏目漱石が西洋の「文学」に深入りしながら、他方で「漢文学」――和歌に代表される古典文学ではなく――に固執していたことが了解できるだろう。漱石は、出口のない「内面」にすでに全身を浸らせていながら、線的な音声言語の外に、いわば放射状の多義的な世界を求めていた。われわれにはそれを想像することさえ困難である。

アンドレ・ルロア＝グーランはいっている。

ホモ・サピエンスの進化の最も長い部分は、われわれに疎遠なものとなってしまった思考形式のなかで行われたが、それでもこの思考形式は、われわれの行動の重要な部分の底流をなしている。われわれは、音と結びついた書字《エクリチユール》によって音が記録されるという単一の言語活動を行なって生きているので、思考がいわば放射状の組立てをもって書きとめられるといった表現方式の可能性はなかなか想像できない。（荒木亨訳「身ぶりと言葉」）

グーランのいう「われわれ」はむろん西洋人のことだが、すでにわれわれのことでもある。

明治二十年代の文学を見るとき、われわれはそのときまだ在りもしなかった「内面」を想定してはならない。「内面」は一つの制度として出現したのであり、われわれこそそのなかにいるのだ。たとえば、近代文学史家が『舞姫』をとりあげるとき、それを「近代的自我」の問題として論ずるのがつねである。しかし、それが文語体で書かれたという事実は忘れられている。それはあくまでテクストであって、「自己表現」ではなかったのだ。しかも、基本的には、のちの鷗外も『舞姫』よりも内面を深化させたわけではない。たとえば、『妄想』（明治四十四年）のなかで、鷗外はこういっている。「自分」は、死に際して肉体的な苦痛を考えることはあっても、西洋人のような「自我が無くなる為の苦痛は無い」。

西洋人は死を恐れないのは野蛮人の性質だと云つてゐる。自分は西洋人の謂《い》ふ野蛮人といふものかも知れないと思ふ。さう思ふと同時に、小さい時二親が、侍《さむらひ》の家に生れたのだから、切腹といふことが出来なくてはならないと度々諭《さと》したことを思ひ出す。その時も肉体の痛みがあるだらうと思つて、其痛みを忍ばなくてはなるまいと思つたことを思ひ出す。そしていよいよ所謂野蛮人かも知れないと思ふ。併《しか》しその西洋人の見解が尤《もつと》もだと承服することは出来ない。

そんなら自我が無くなるといふことに就いて、平気でゐるかといふに、さうではない。その自我といふものが有る間に、それをどんな物だとはつきり考へても見ずに、知らずに、それを無くしてしまふのが口惜《くちを》しい。残念である。漢学者の謂ふ酔牛夢死《すいせいむし》といふやうな生涯を送つてしまふのが残念である。それを口惜しい、残念だと思ふと同時に、痛切に心の空虚を感ずる。なんともかとも言はれない寂しさを覚える。
それが煩悶《はんもん》になる。それが苦痛になる。

これは一見すると、「驚きたい」という独歩の作品と似ているようにみえる。しかし、独歩において、あの不透明な「膜」がいわば内側にあったとすれば、鷗外においては外側にある。鷗外にとって、「自己」は実体的ななにかではなく、「あらゆる方角から引っ張てゐる糸の湊合《そうがふ》してゐる」ものであり、マルクスの言葉でいえば「諸関係の総体」(「フォイエルバッハに関するテーゼ」)にほかならなかった。いいかえれば、鷗外は「自己」を西洋人のように直接的・実体的にみる幻想をもちえないことを逆に「苦痛」にしていたのである。

したがって、鷗外の本領は、「侍」的人間を書いた歴史小説で発揮されている。そこでは、鷗外は「心理的なもの」を徹底的に排除しようとした。この姿勢は、午前中に小説を書き、午後には漢詩や山水画の世界に浸っていた晩年の夏目漱石と共通している。おそらく、彼らは「文学」とけっしてなじめないものをもっていたのであり、また「表現」を拒絶する視点をもっていたのである。

「文学」の主流は、鷗外や漱石ではなく、国木田独歩の線上に流れて行った。夭折《ようせつ》したこの作家は、ある意味で、次の文学世代の萌芽をすべて示していたといってもよい。たとえば、『欺かざるの記』という告白録を最初に書いたのは彼である。柳田国男との関係はいうまでもないが、田山花袋も「国木田君は肉欲小説の祖である」(「自然の人独歩」)と書き、また、芥川龍之介は『河童』のなかで、独歩をストリンドベリー、ニーチェ、トルストイとならべ、「轢死《れきし》する人足の心もちをはつきり知つてゐた詩人です」と書いている。さらに、初期の志賀直哉は明らかに独歩の影響下に出発している。こうした多義性のゆえに、たとえば国木田独歩はロマン派か自然主義派かといった議論が生じるのだが、彼の多義性は——ルソーの多義性とある意味で似ている——、まさに彼がはじめて新たな地平に立ったところからきているといってよい。ヴァレリーがいうように、ある一つの事柄で新たな視野をひらいた者は一挙に多方面の事柄が視える。ポーは推理小説の基本的なパターンを書きつくしてしまったが、しかし彼の〝一歩〟は、犯罪という行為ではなく、詩作という行為を意識化するという未曾有の試みにこそあった。国木田独歩の多彩さは、文学流《スク》派《ール》の問題などではなく、はじめてあの「透明」を獲得したことにあったのである。

Ⅲ　告白という制度

1

日本の「近代文学」は告白の形式とともにはじまったといってもよい。それはたんなる告白とは根本的に異質な形式であって、逆にこの形式こそ告白さるべき「内面」をつくりだしたのである。したがって、狭義の告白がどんなに否定され克服されても、むしろそれだけいっそう無傷のままにこの形式は残っている。すなわち、表現さるべきもの（内面）と、表現されたものの二分法である。たとえば、批評家たちが私小説を批判したとき、告白そのものを否定したのではない。ただ、告白する「私」と告白された「私」との同一視を批判してきたのである。つまり、作品は作者の自己表現であるが、作者の「私」とは異なる自立した世界を形成すべきであり、日本の私小説は「私」と作品の「私」を同一化したために自立した作品空間を形成しえなかったというのである。この観点からみれば、明治二十年代初めの二葉亭四迷『浮雲』の方が、そのずっとあとの小説より西洋的な意味での小説を実現しかけていたことになり、その次には島崎藤村の『破戒』がその方向を示したにもかかわらず、田山花袋の『蒲団』によってねじまげられて行ったことになる。おおよそこれが文学史的常識である。

しかし、こうしたパースペクティヴはあることを自明の前提としている。それは表現さるべき「自己」が表現に先立ってあるという考えであり、あるいは表現さるべき自己と表現されたものとの二分法である。この二分法は、古代の文学をみるときにまで拡張される。たとえば、万葉集時代の人々は、素朴だが直接的な自己表現をなしたというように。しかし、そこに「自己表現」を見出すのはアナクロニズムにすぎない。彼らはわれわれが考えるような「自己」などもっていなかった。そのような「自己」こそ、ある過程で形成されたのであり、形成されるとともに自らの起源をおおいかくすものとしてあったのである。

前章で、私は表現さるべき「内面」あるいは自己がアプリオリにあるのではなく、それは一つの物質的な形式によって可能になったのだと述べ、そしてそれを「言文一致」という制度の確立においてみようとした。同じことが告白についていえる。告白という形式、あるいは告白という制度が、告白さるべき内面、あるいは「真の自己」なるものを産出するのだ。問題は何をいかにして告白するかではなく、この告白という制度そのものにある。隠すべきことがあって告白するのではない。告白するという義務が、隠すべきことを、あるいは「内面」を作り出すのである。

それは「言文一致」の制度と同様に、われわれがすでに意識しないものである。「言文一致」の確立過程をみると、それが従来の「言」でも「文」でもない「文」を形成すること、また確立されるやいなやそのことが忘却されてしまうことがわかる。ひとびとはたんに「言」を「文」に移すのだと考えはじめるのだ。同様のことが告白についていえる。告白とは、たんに何かの罪を告白することではなくて、一つの制度なのだ。いったん成立した告白という制度のなかで、はじめて隠すべきことが生じるのであり、しかもそれが制度であることが意識されないのである。

田山花袋は回想している。《……私も苦しい道を歩きたいと思つた。世間に対して戦ふと共に自己に対しても勇敢に戦はうと思つた。かくして置いたもの、壅蔽《ようへい》して置いたもの、それを打明けては自己の精神をも破壊されるかと思はれるやうなもの、さういふものをも開いて出して見ようと思つた》(「東京の三十年」)。ところで、『蒲団』では、まったくとるにたらないことが告白されている。たぶん花袋はこんなことよりもっと懺悔に値することをやっていたはずである。しかし、それを告白しないで、とるにたらないことを告白するということ、そこに「告白」というものの特異性がある。

島村抱月は、「無論今までにも、斯かる方面は前に挙げた諸家の外、近時の新作家中にも之れに筆を着けたものが無いではない。併しそれ等は多く醜なる事を書いて心を書かなかつた。『蒲団』の作者は之れに反し醜なる心を書いて事を書かなかつた」(「『蒲団』を評す」)と評している。つまり、花袋が告白したのは醜なる「事」ではなく「心」であり、本当は在りもしなかったことなのだ。だが、どうしてそれが「打明けては自己の精神をも破壊されるかと思はれるやうなもの」となるのだろうか。むしろ、花袋が告白しようとした「かくして置いたもの」は、すでに「告白」という制度によって存在させられたものだというべきではないのか。あるいは「自己の精神」なるものこそ、告白という制度によって存在させられたものではないのか。

花袋は「真実」を書こうとしたのだが、すでに「真実」そのものが告白という制度のなかで可視的となったのである。精神分析という告白の技術が深層意識を実在させたように。告白という行為に先立って、告白という制度が存在するのだ。「精神」はアプリオリにあるのではない。これもまた告白という制度によって作り出されたのである。「精神」なるものはいつもその物質的な起源を忘れさせるのである。

花袋の『蒲団』によって、日本の小説の方向がねじまげられたという説をかりに認めてもよい。しかし、ねじまげられなかったらどうだったというのか。批評家たちが夢想してきた、日本の小説のありうべき正常な発達は、はたして正常なのか。もし、彼らが範《はん》とする西洋の正常さが、それ自体異常だとすればどうなのか。日本の「私小説」の異常さがむしろそこからはじまっているとすればどうなのか。

花袋は「心」を書いて「事」を書かなかったと、島村抱月はいう。しかし、そのような「心」ははじめから在るのではなく、存在させられたのである。〈「姦淫《かんいん》するなかれ」と云へることあるを汝等きけり。されど我は汝らに告ぐ、すべて色情を懐きて女を見るものは、既に心のうち姦淫したるなり〉（「マタイ伝」）。ここには恐るべき転倒がある。姦淫するなというのはユダヤ教ばかりでなくどの宗教にもある戒律であるが、姦淫という「事」ではなく「心」を問題にしたところに、キリスト教の比類のない倒錯性がある。もしこのような意識をもてば、たえず色情を看視しているようなものである。彼らはいつも「内面」を注視しなければならない。「内面」にどこからか湧いてくる色情を見つづけねばならない。しかし、「内面」こそそのような注視によって存在させられたのである。さらに重要なことは、それによって「肉体」が、あるいは「性」が見出されたということである。

この「肉体」はすでに貧しい。自然主義者があばきたてたような肉体は、すでに「肉体の抑圧」の下にある。キリスト教に対して肉体あるいは性を解放しようとしても、すでにそれ自体が「肉体の抑圧」の下にある。たとえば、アントナン・アルトーは、「バリ島の演劇」をみて次のようにいっている。《……俳優たちは、衣裳の助けを借りて動きまわる象形文字そのものを構成する。そして、この三次元の象形文字が今度は、ある一定数の身ぶり、神秘な徴《シーニュ》しによって飾られる。そして、その神秘な徴しは、われわれ西欧人がまったく抑圧してしまった夢幻的でほの暗いなにかの現実に呼応している》。

アルトーは、西欧における「肉体の抑圧」について語っている。どんなに肉体があからさまに出されても、なおそのこと自体が「肉体の抑圧」の結果なのである。だが、われわれはアルトーのようにはるか彼方をのぞきこむ必要はない。たんに江戸時代の演劇をみればよいからである。

花袋の『蒲団』がなぜセンセーショナルに受けとられたのだろうか。それは、この作品のなかではじめて「性」が書かれたからだ。つまり、それまでの日本文学における性とはまったく異質な性、抑圧によってはじめて存在させられた性が書かれたのである。この新しさが、花袋自身も思わなかった衝撃を他に与えた。花袋は「かくして置いたもの」を告白したというのだが、実際はその逆である。告白という制度が、そのような性を見出さしめたのだから。

ミシェル・フーコーはこういっている。

キリスト教の悔悛《かいしゅん》・告解《こっかい》から今日に至るまで、性は告白の特権的な題材であった。それは、人が隠すもの、と言われている。ところが、もし万が一、それが反対に、全く特別な仕方で人が告白するものであるとしたら? それを隠さねばならぬという義務が、ひょっとして、それを告白しなければならぬという義務のもう一つの様相だとしたなら? (告白がより重大であり、より厳密な儀式を要求し、より決定的な効果を約束するものとなればなるほど、いよいよ巧妙に、より細心の注意を払って、それを秘密にしておくことになる。) もし性が、我々の社会においては、今やすでに幾世紀にもわたって、告白の誤つことなき支配体制のもとに置かれているものであるとしたなら? すでに述べた性の言説化と、性現象の多様性の分散と強化とは、恐らく同じ一つの仕掛けの二つの部品なのである。それらは、人々に性的な特異性の——それがどれほど極端なものであっても——真実なる言表を強要する告白というものの中心的な要素のお蔭で、この仕掛けのなかに有機的に連結されているのである。ギリシャにおいて、真理と性とが結ばれていたのは、教育という形で、貴重な知を体から体へと伝承することによってであった。性は知識の伝授を支える役割を果たしていたのである。我々にとっては、真理と性とが結ばれているのは、告白においてである、個人の秘密の義務的かつ徹底的な表現によってである。しかし今度は、真理の方が、性と性の発現とを支える役を果たしている。（渡辺守章訳『性の歴史』）

田山花袋の『蒲団』が、もっと西欧的な小説の形態をとった島崎藤村の『破戒』よりも影響力をもちえた理由はここにある。すなわち、告白・真理・性の三つが結合されてあらわれたからである。これを西洋的な文学の歪曲ということができようか。そこには、西洋社会そのものを編成してきたある転倒力が、露骨に出現しているというべきである。

2

明治四十年代に、花袋や藤村が告白をはじめる前に、すでに告白という制度が存在していた。いいかえれば、「内面」をつくり出すような転倒が存在していた。具体的にいえば、それはキリスト教である。彼らが一時期キリスト教に入信したという事実は重要である。それは彼らにとってキリスト教がはしかのようなものだったとしても、むしろそうだったからこそ重要である。それがキリスト教であることが忘れられたときにこそ、キリスト教的な転倒は活きてくるのだ。

正宗白鳥はいっている。

欧州諸国を旅行して気づいたことの一つは、基督教の勢力であつた。基督教を外にして、欧州の過去の芸術も文学も理解されないことは、かねて知つてゐたが、実際その地を踏んでみると痛切に感ぜられる。今日は、科学の進歩につれて、過去の迷信から解放されてゐると言はれてゐるが、果たしてさうだらうか。一部の識者は別として、全体には、心の底に宗教の影を宿してゐるらしく私には思はれる。多数の通俗映画を見ても宗教臭が感ぜられるが、芝居を見ても宗教の色が、我々異国人には目立つのだ。しかし、西洋模倣の明治の日本文壇には宗教も素通りして、さしたる痕跡も留めなかつた。「見神の実験」なんかを説いた綱島梁川《つなしまりようせん》氏の思想も、文壇には受入れられなかつた。微温的な人道主義が基督教に似通つた色を帯びて、いろ〳〵な作家の作品に現はれてゐるだけである。……私はかねてさう思つてゐた。ところが、この頃考直して見ると、透谷・独歩・蘆花、それから、自然主義時代の人々が、懐疑、懺悔《ざんげ》・告白などの言葉を口にし、またさういふことに頻《しき》りに心を労したのは、西洋宗教の刺戟によるのではあるまいか。精神上の懐疑だの懺悔だのは、宗教から解放されてゐる人間には起らない訳だと、私には思はれる。（「明治文壇総評」）

たとえ一過的なものであったとしても、明治の文学者の出発点にキリスト教の衝撃があったということは否定できない、と正宗白鳥は冷静にふりかえっている。また、白鳥は、西欧社会は一見キリスト教からはなれていても、実は隅々までキリスト教によって組織されているのではないかということを示唆している。実際、キリスト教の「影響」という視点をとるならば、われわれの視野は限定されてしまうほかない。むしろ、西洋の「文学」は総体として、告白という制度によって形成されてきたのであり、キリスト教をとろうととるまいと、「文学」に感染するや否やそのなかに組み込まれてしまうというべきである。むろんそれが「キリスト教的文学」である必要はまったくない。

たとえば、北村透谷は『粋《いき》を論じて「伽羅枕《きゃらまくら》」に及ぶ』のなかで、尾崎紅葉の小説さらに徳川時代の文学には「粋」はあるが、「恋愛」が欠けているという。「粋」とは遊廓内に成長した観念であり、「当時の作家は概ね遊廓内の理想家にして、且つ遊廓場裡の写実家なりしなり」という。「粋」とは、したがって、恋愛のように溺《おぼ》れるものではない。

次に粋道と恋愛と相撞着《どうちゃく》すべき点は、粋の双愛的ならざる事なり。抑《そもそ》も粋は迷はずして恋するを旨とする者なり、故に他を迷はすとも自らは迷はぬを法となすやに覚ゆ。若《も》し自ら迷はゞ粋の価値既に一歩を退くやの感あり。迷へば癡《ち》なるべし、癡なれば如何にして粋を立抜く事を得べき。粋の智は迷によりて已《すで》に失ひ去られ、不粋の恋愛に墜《お》つるをこそ粋の落第と言はめ。故に苟《いやし》くも粋を立抜かんとせば、文里が靡《なび》かぬ者を遂に靡かす迄に心を隠《ひそ》かに用ひて、而して靡きたる後に身を引くを以て最好の粋想とすべし。我も迷はず彼も迷はざる恋も粋なり、彼迷ひ我《われ》迷はざる間も或は粋なり、然れども我も迷ひ彼も迷ふ時、既に真の粋にあらず。

しかし、透谷がいう「恋愛」はけっして自然なものではない。たしかに「粋」は不自然だが、「恋愛」もまた同じである。古代日本人に「恋」はあったが恋愛はなかった。同じように、古代ギリシャ人もローマ人も「恋愛」を知らなかった。なぜなら、「恋愛」は西ヨーロッパに発生した観念だからである。ドニ・ド・ルージュモンが『西欧と愛』のなかでいっていることはやや疑わしいが、確実なのは、西欧の「情熱恋愛」がたとえ反キリスト教的なものであっても、キリスト教のなかでこそ発生しえた「病気」だということである。とすれば、すでに「恋愛」にとらわれた者が、その内面を〝自然〟として観察するとき、実はそうとは知らずに、キリスト教的に転倒された世界を〝自然〟として受けとっているのだ。事実上、北村透谷がそうであるように、「恋愛」はキリスト教教会の内部や周辺でひろがった。若い男女が教会に集ったのは、信仰のためか恋愛のためか区別しがたいほどである。

しかし、西洋の「文学」を読むことそれ自体が「恋愛」をもたらす。教会にかわって、「文学」に影響をうけた人たちが恋愛の現実的な場を形成していった。花袋の『蒲団』にあらわれる文学少年・少女たちがその例である。恋愛は自然であるどころか、宗教的な熱病である。キリスト教に直接触れなくても、「文学」を通してそれは浸透する。「恋」ではなく「愛」という奇妙な問題がひとをとらえる。たとえば、キリスト教を嫌っていた漱石も、恋愛を通して、「愛」という問題に入りこんでいる。

しかし、キリスト教はもっと直接的に「近代文学」の源泉にあったということができる。「文学界」同人や田山花袋・国木田独歩らがキリスト教徒だったことはいうまでもない。正宗白鳥がいうように、明治二十年代に、キリスト教は、昭和初期のマルクス主義と同じような影響力をもったのである。ニーチェはいっている。《キリスト教は病気を必要とする。ギリシャ精神が健康の過剰を必要とするのとほぼ同じように。——病気ならしめるということが教会の全救済の組織の本来の底意である》(原佑訳「反キリスト者」)。明治の文学史をたどっていくと、明治二十年代に急激に「病気」があらわれていることがわかる。たとえば、坪内逍遥の『小説神髄』にも、福沢諭吉の著作にも「病気」はうかがわれない。日本の「近代文学」は、〝近代化〟する意志とは異質な源泉からはじまったのだ。われわれはそれを文字通り〝教会〟のなかにみることができる。

3

くりかえしていうが、私はキリスト教の「影響」を論じたいのではない。影響さるべく待ち構えている精神状態なしに、影響はありえない。問題はむしろ、なぜこの時期にキリスト教しかもプロテスタンティズムが影響力をもったかということにある。それについて考えるためには、どんな人間がキリスト教に向かったかをみればよい。

たとえば、平岡敏夫は、『日本近代文学の出発』を、山路愛山の「精神的革命は時代の陰より出づ」ということばから書きはじめている。愛山は、自身をふくめて、植村正久、本多庸一、井深梶之助などの明治のキリスト教徒がすべて旧幕臣の子弟であることに注目している。《新信仰を告白して天下と戦ふべく決心したる青年が揃ひも揃うて時代の順潮に棹《さをさ》すものに非ざりしの一事は当時の史を論ずるものの注目せざるべからざる所なり。彼等は浮世の栄華に飽くべき希望を有せざりき。彼らは俗界において好位地を有すべき望少かりき》(「現代日本教会史論」明治三十八年)。

平岡敏夫が重視するのは、事実として、「精神革命」をめざした青年たちが佐幕派の士族の子弟であり、平民ではなかったということである。つまり「精神的革命」は、平民と変らぬ、あるいはそれ以下の状態にありながら、その意識において平民たりえなかった士族から生じたのであり、平民から生じたのではないということである。この指摘は重要である。

「あらゆる宗教の中で、キリスト教のみが、心の内側から働く。キリスト教こそは、異教が多くの涙を流して探り求めていたものである」と、内村鑑三は書いている。しかし、それが心の内側から働いたのは、明治体制から疎外された旧士族においてである。渡来したキリスト教(新教)に敏感に反応したのはもはや武士ではありえない武士、しかも武士たることにしか自尊心のよりどころを見出しえない階層である。キリスト教がくいこんだのは、無力感と怨恨にみちた心であった。新渡戸稲造の『武士道』をはじめとして、武士道がキリスト教に直結して行くものとしてとらえられたのは偶然ではない。なぜなら、彼らはキリスト教徒であることによって、「武士」たることを確保しえたからである。そしって、それが明治のキリスト教がそれ自体としてはけっして大衆化しえなかった理由でもあった。

私はついに我《が》を折って神学生になる決心をしたのは、長い、恐ろしい苦悶の後のことだった。すでにしるした通り、私は武士の家に生まれたものである。武士は、すべての実際家と同じく、学問をもてあそぶことや感傷にふけることを、いかなる種類のものにせよ、さげすむ。そして普通の場合、僧侶以上に非実用的なものがあろうか。彼らがこの忙しい社会に提供する商品は、彼らが情緒《センチメント》と呼ぶものである。——このあやふやな、有って無きがごときものは、この世の中の一番のなまけ者も製造することができるものだ。——彼らはそれと引きかえに、食物、衣服、その他の、現実的、実質的な価値のある品物を得るのである。ゆえに、僧侶は人のなさけにすがって生きると言われる。そして、われわれは、生活の手段として、人のなさけにすがるよりは剣にたよる方がはるかに名誉だと信じて来たのである。（山本泰次郎・内村美代子訳『余はいかにしてキリスト信徒となりしか』）

しかし、実際は、江戸時代の平和な時期に、武士はもはや「剣にたよって」生きていたのではない。武士もまた「あやふやな、有って無きがごとき」存在にほかならなかったのであり、その存在理由を確立するためにこそ「武士道」の理念が必要とされたのである。そして、それが通用しえたのは、封建制度が存在するかぎりにおいてである。彼らの「名誉」は実は物質的基盤に支えられていた。封建制度が崩壊するやいなや、武士が「あやふやな、有って無きがごとき」存在であることが露呈する。「名誉」を支えるものはどこにもない。彼らは彼ら自身で立っていると信じていたが、その根拠などありはしないのである。

武士道の倫理は、あくまで「主人」の倫理である。現実的に「主人」でありえないとき、「主人」たらんとするにはどうすればよいか。武士道がそのままキリスト教に転化していった過程は、ある意味で古代ローマ帝国の貴族・知識人層にキリスト教が浸透していった過程に類似している。彼らはある不安におそわれていた。この不安は、ウェーバーが指摘するように奴隷制経済の行きづまりに対応するものだが、彼らはストア派・エピクロス派・懐疑論のように、「現実世界の一切に対して精神を無関心なものとするということをめざした」（ヘーゲル）のである。

キリスト教がもたらしたのは、「主人」たることを放棄することによって「主人」（主体）たらんとする逆転である。彼らは主人たることを放棄し、神に完全に服従《サブジェクト》することによって「主体《サブジェクト》」を獲得したのである。明治の没落士族をキリスト教が震撼させたのは、この転倒にほかならなかった。たとえば、西田幾多郎や夏目漱石のように禅によって、すなわち「精神を無関心なものとする」ことによって煩悶《はんもん》をのりこえようとした者がいなかったわけではない。しかし、やはりキリスト教だけが彼らの「新生」を可能にしたといってよい。

注目すべきことは、このような「主体」確立の弁証法でありダイナミズムである。近代的な「主体」ははじめからあるのではなく、一つの転倒としてのみ出現したのだ。十九世紀西洋の近代思想をどんなにとりいれても、このような「主体」は出てこない。平板な啓《けい》蒙《もう》主義にはこの転倒が欠けている。今日の眼からみて「近代文学」とみえるものが例外なしにキリスト教を媒介していることは、影響といったような問題ではない。そこには「精神的革命」があったのであり、しかもそれは「時代の陰」、すなわちあるルサンチマンにみちた陰湿な心性から出てきたのだ。しかも、「愛」が語られたのは、まさに彼らからなのである。

彼らは「告白」をはじめた。しかし、キリスト教徒であるがゆえに告白をはじめたのではない。たとえば、なぜいつも敗北者だけが告白し、支配者はしないのか。それは告白が、ねじまげられたもう一つの権力意志だからである。告白はけっして悔悛ではない。告白は弱々しい構えのなかで、「主体」たること、つまり支配することを狙《ねら》っている。

内村鑑三はつぎのようにいっている。

私は自分の日記を「航海日誌」と呼んでいる。それは、このあわれな小舟が、罪と涙と多くの悲哀とを通過して、上なる天を目ざして進む、日ごとの進歩を記録したものだからである。あるいは「生物学者の写生帳」と呼んでもよい。一個の霊魂が、種から成長して熟した穀物《こくもつ》になるまでの、発生学的成長に関する、形態学上と生理学上のあらゆる変化が、ここに書きとめられているからである。このような記録の一部が今、公にされるのである。読者はそれから、何なりと、思いのままの結論を引き出すことができるであろう。（同上書）

これを謙虚な態度とみてはならない。私は何も隠していない、ここには「真実」がある……告白とはこのようなものだ。それは、君たちは真実を隠している、私はとるに足らない人間だが「真理」を語った、ということを主張している。キリスト教が真理だと主張するのは神学者の理窟である。しかし、ここでいわれている「真理」は有無をいわさぬ権力である。

告白という制度を支えるのは、このような権力意志である。私はどんな観念も思想も主張しない、たんにものを書くのだと、今日の作家はいう。だが、それこそ「告白」というものに付随《ふずい》する転倒なのである。告白という制度は、外的な権力からきたものではなく、逆にそれに対立してでてきたのだ。だからこそ、この制度は制度として否定されることはありえない。また、今日の作家が狭義の告白を斥けたとしても、「文学」そのものにそれがある。

4

「主体」の確立におけるダイナミックスは、内村鑑三において典型的に示されている。内村は、札幌農学校で上級生たちから「イエスを信ずる者の誓約」に強制的に加入させられた。しかし、彼はそれまで悩んでいた問題から一挙に解放されたのである。彼は信心深い子供で神々の禁止に忠実であろうとしていたが、「神が多種多様なため、それぞれの神の要求が矛盾衝突して、一つ以上の神を満足させねばならぬ場合、良心的な人間の立場は悲惨なものになってしまう。こんなにも多くの神々を満足させ、またなだめなければならなかったから、しぜん私は、いらいらした、臆病な子供であった。私は、どの神にもささげられる一般用の祈禱《きとう》文を組み立てた」。このような少年にとって、キリスト教的一神教がもった「実際上の利益」は目ざましいものだった。

以前の私は、一つの神社が目に入るや否や、心の中で祈りをささげるために会話を中断するのが習いだったのに、今は登校の途中も愉快に談笑をつづけながら歩くからである。私は「イエスを信ずる者」の誓約に強制的に署名させられたことを悲しまなかった。一神教は私を新しい人にした。私は再び豆や卵を食べはじめた。私はキリスト教を理解しつくしたと思った。唯一の神という考えはそれほど霊感《インスパイアリング》的だったのである。この新しい信仰のもたらしたこの新しい精神的自由は、私の心身に健全な影響をもたらし、私は一段と勉強に努力を集中するようになった。自分の身体に新しく授けられた活動力に狂喜しながら、野となく山となく当てもなく歩きまわり、谷間に咲くゆりの花、大空に舞う鳥を観察して、天然を通して天然の神と語ろうとした。(同上書)

多神教から一神教への転換がこれほど劇的に描かれている例を私はほかに知らない。一神教によって、自然ははじめてただの自然としてあらわれたのであり、内村ははじめて「精神的自由」を、あるいは「精神」そのものを獲得したのである。右の条りだけをとりだせば、それはキリスト教というよりは旧約的である。また、ある意味で、これは「風景の発見」である。自然はそれまでさまざまな禁忌や意味におおわれていたのに、唯一神の造化としてみられたとき、ただの自然となる。そのような自然(風景)は、「精神」において、いいかえれば「内なる世界」においてのみ存在しうるのである。私は先に、国木田独歩――彼もキリスト教徒だった――における「風景の発見」について語ったが、まず内村鑑三を例にあげるべきだったろう。つまり、日本における「風景の発見」は、一種の「精神的革命」によってもたらされたのである。国木田独歩に関して、ロマン派か自然主義派かという議論が空しいのは、それらが西洋の文学史においてのみ意味をもつ表層の区別でしかないからだ。たとえば、ロマン派的な汎神論は一神教の裏返しであって、多神論とはちがう。右の内村の文にある「天然の神」への賛歌は、ほとんど汎神論的であるが、むろん一神教への転回によって可能なのである。

内村鑑三にとって、一神教が決定的に重要であった。現実のキリスト教は諸派にわかれて争っている。それはいわば多神論における神々の葛藤《かっとう》に似ており、彼はそれを一神教によってのりこえてしまう。いかなる宗派からも独立した彼のキリスト教が、旧約的になるのは当然である。実際彼はイエスよりも予言者エレミアにひかれていた。

全巻を通じて一つの奇跡をも行なわぬ人間エレミアが、人間のあらゆる強さと弱さとをむき出しにした姿で、私の前に示されたのである。「偉人はすべて予言者と呼ばるべきではあるまいか」と私は独語した。そして異教国なる祖国の偉人たちを一人残らず思い出して、その言行をエレミアと比較考量し、次の結論に達した。すなわち、エレミアに語りたもうたと同じ神は、わが同胞の中のある者にも語りたもうたのである。（同上書）

『代表的日本人』はこの観点から書かれている。また、彼の非戦論も、「いかにして祖国を救うかについては予言者たちに学んだ」ということに発している。彼は唯一神の前に立つことによって、日本国からも「キリスト教国」からも独立しようとした。逆にいえば、いかなる意味でも服従することを拒む彼の武士的独立心は、唯一神に対する服従《サブジェクト》によって絶対的な「主体《サブジェクト》」たることを得たのである。内村による転倒はもっとも激烈だった。したがってまた、彼のキリスト教は、次の世代にもっとも大きな影響を与えたのである。「主体」はこのような転倒のなかでしか在りえない。明治二十年代の文学はそれをよく示している。主観（主体）——客観（客体）という近代的な認識論はいまや自明にみえるが、この自明さにこそ転倒がおおいかくされている。主体（主観）は、内村鑑三が示すように、多神論的な多様性の抑圧において成立する。いいかえれば、それは「肉体」の抑圧にほかならない。注意すべきことは、それがただ〻の肉体の発見でもあったことである。明治二十年代から三十年代初めにかけてキリスト教的だった人たちが、やがて自然主義に向かっていったのは不思議ではない。彼らがみいだした肉体あるいは欲望は、「肉体の抑圧」において存在するものだったからだ。

例外は志賀直哉である。重要なのは、彼が内村鑑三の門下生だったことであり、さらに内村との格闘によって小説家になっていったことである。志賀は、その経験をつぎのように書いている。

基督教に接する迄は精神的にも肉体的にも延び〱とした子供でした。運動事が好きで、ベイスボール、テニス、ボート、機械体操、ラックロース、何でも仕ました。（中略）然し学問の方はそれだけに怠けて居ました。夕方帰つて来ると腹が空ききつて居ますから、六杯でも七杯でも食ふ。で、部屋に入ればもう何をする元気もない、型ばかりに机には向つても直ぐ眠つて了ふと云ふ有様です。これが当時の日々《にちにち》の生活でした。

それが基督教に接して以来、全で変つて了ひました。

基督教を信ずるやうになつた動機と云へば、極く簡単です。自家の書生の一人が大挙伝道といふ運動のあつた時に洗礼を受けたからで、これが動機の総てでしたらう。

然しそれからの私の日常生活は変つて来ました。運動事は総てやめて了ひました。大した理由もありませんが、さういふ事が如何にも無意味に思はれて来たのと、一方にはいゝ、みんなと云ふものと、自分を区別したいやうな気分も起つて来たからです。（中略）

私は其晩幹事といふ男に会つて退会させて貰ふといつたのです。校風改良といふやうな事も、今日の決議のやうな、総て外側から改革して行く求心的の改良法で出来る筈のものではなく、中心に何ものかを注《そそ》ぎ込んでそれから自然遠心的に改革されるべきものだ。これは或人の社会改良策の演説中にあつた句ですが私はそれをいつて、遂に脱会して了つたのです。得意でした。これは今まで味つた事のない誇でした。当時宗教によつて慰安《ゐあん》されなければならぬやうないゝ、いたでも何もない私にはこれが宗教から与へられる唯一のありがたい物だつたのです。皆の仕《し》てゐる事が益々馬鹿気て見える。私は学校が済むと直ぐ帰つて、色々な本を見るやうになりました。伝記、説教集、詩集、こんなものをかなり読みました。以前も読書癖のないと云ふ方ではなかつたのですが、それは皆小説類で、真面目な本は嫌ひだつたのです。

暫くはそれでよかつたのです。然し間もなく苦痛が起つて来ました。性欲の圧迫です。(「濁つた頭」明治四十三年)

このような書き方から、志賀が「真のキリスト教」に触れていないというのはたやすい。しかし、「過剰な健康」をもっていた志賀だけが、キリスト教的世界が何たるかを了解したというべきだろう。キリスト教は、「精神的にも肉体的にも」健康な男を病的な無力感に追いこんだのである。《キリスト教は猛獣を支配しようとねがうが、その手段は、それを病弱ならしめることである――弱化せしめるというのが、馴致《じゅんち》のための、「文明化」のためのキリスト教的処方である》(ニーチェ『反キリスト者』)。

志賀にとって、キリスト教のなかで〝姦淫〟ということだけが真剣な問題となっている。しかし、彼にとって〝姦淫〟はたんなる性的放縦《ほうじゅう》ではなく、実はこの当時ありふれていた同性愛を意味していた。そして同性愛はキリスト教のなかではじめて性倒錯となる。フロイトは幼児はすべて多形性倒錯だというが、むしろ〝倒錯〟という概念そのものがユダヤ・キリスト教によってもちきたらされたのである。精神分析の枠組《わくぐみ》はそれに基づいている。

　キリスト教からみれば、「肉体」そのものが倒錯的であり、一つの肉体、すなわち「精神」に対立させられる肉体しかみとめられないのである。志賀はキリスト教に対して理論的に反撥したのではなかった。彼がそこにみたのは、多形的であり多様である肉体（欲望）を中心化させる専制主義だったといえる。彼にとって、「主体」たることは暴力的な抑圧だったのだ。他の連中が「意識」から出発したのに対して、彼にとって「意識」とはせいぜい「濁つた頭」にすぎなかった。

「近代文学」が、一つの主体・主観・意識から出発したとすれば、志賀はそのこと自体の転倒性に反撥したのである。「一つの主観」を疑うところからはじめたのだ。たとえば、『クローディアスの日記』には、驚くべき「殺人」が書かれている。自分（クローディアス）は、「一度でも兄を殺さうと思つた事はない」が、ある秋の夜猟に出て納屋で兄と一緒に寝たとき、次のようなことがおこる。

　其内疲労から自分は不知《いつか》吸ひ込まれるやうに何か考へながら眠りに落ちて行つた。自分はそれを夢と現《うつつ》の間で感じながら眠りに落ちて行つた。そして未だ全く落ちきらない内に不図《ふと》妙な声で自分は気がはつとした。眼を開《あ》くと何時かランプは消えて闇の中で兄がうめいてゐる。然し其時直ぐ魘《うな》されてゐるのだと心附いた。いやに凄い、首でも絞《し》められるやうな声だ。自分も気味が悪くなつた。自分は起してやらうと起きかへつて夜着から半分体を出さうとした。その時どうしたのか不意に不思議な想像がふツと浮んだ。自分は驚いた。それは兄の夢の中でその咽《のど》を絞めてゐるものは自分に相違ない、かういふ想像であつた。すると暗い中にまざ〳〵と自分の恐ろしい形相が浮んで来た。自分には同時にその心持まで想ひ浮んだ。残忍な様子だ。残忍な事をした……もう什て了つたと思ふと殆んど気違ひのやうになつて益々激しく絞めてかかる、其の自身の様子がはつきりと考へられるのである。（中略）

翌朝が何となく気づかはれたが、兄は魘《うな》された事も知らぬ様子で其日の狩の計画などを自分に話してゐた。自分はそれで安心はした。然し其想像は其後もどうかすると不図憶ひ出された。其度自分は一種の苦痛を感ぜしめる。

自分の夢のなかで兄を殺したのだとすれば、ありふれている。それが夢なのか現実なのかはっきりしないとしても、やはりありふれている。ここに書かれているのは、それとはまったく異質なのだ。彼は兄の夢のなかで兄を殺したのである。メルロー＝ポンティがあげている次の例は、志賀の発想がどんなものかを説明するように思われる。

それは小さな女の子の話なのですが、彼女はその家の女中ともう一人の女の子のそばに坐りながら、何か不安そうな様子をしているうちに、やがて不意に隣の女の子に平手打ちを食わせ、そしてその理由を聞かれたとき、意地悪で自分をたたいたのはあの子だから、と答えました。その子のひじょうに真剣な様子からすると、でっち上げの嘘を言っているとは思われません。したがって、その子は、誘発されなくても人をたたき、しかもそのすぐあとに、自分をぶったのはあの子だと説明して、明らかに他人の領分に侵入しているわけです。（中略）幼児自身の人格は同時に他人の人格なのであって、この二つの人格の無差別こそが転嫁《てんか》を可能にするわけです。こうした人格の無差別は、幼児の意識構造の全体を前提とするものです。（「滝浦静雄・木田元訳『眼と精神』所収」）

おそらく志賀が幼児的だとか原始人とかいわれる理由はここにある。しかし、重要なのは、志賀が、私は私であり他者は他者であるという区別に先立ってあるような身体性を感受していたことである。身体という場は、「多方向に同時に生成する関係の網目」（市川浩）としてある。《精神と身体の実体的二分法は、両者の関係はもちろん、人間とものや他者との関係を外面的関係に変え、関係的存在としての人間のあり方をおおいかくしてしまう》（市川浩「人称的世界の構造」）。

『ハムレット』にもとづいて書かれた多くの作品がそれをますます「自意識」の劇に解釈していったのに対して、志賀はそれを根本的に裏返している。ギリシャ悲劇とちがって、シェークスピアの〝悲劇〟がキリスト教的な世界にのみ成立するということを、志賀は直観的に感受していたのである。主体を主体として定立すること自体の転倒性を、志賀はみていた。内村鑑三に対する彼の関係は、たんなる一過的なはしかではなかった。またキリスト教への〝無知〟でもなく、そこには本質的な抗いがあったのだ。

すでにいったように、志賀は内村鑑三のなかにある専制主義をみた。この専制主義はなによりも「肉体」に向けられていた。内村における「主体」は、多形的な、多神論的な肉体に対する専制的支配としてあったのである。

主観を一つだけ想定する必然性はおそらくあるまい。おそらく多数の主観を想定しても同じくさしつかえあるまい。それら諸主観の協調や闘争が私たちの思考や総じて私たちの意識の根底にあるのかもしれない。支配権をにぎっている「諸細胞」の一種の貴族政治？　もちろん、たがいに統治することに馴れていて、命令することをこころえている同類のものの間での貴族政治？

肉体と生理学とに出発点をとること。なぜか？　――私たちは、私たちの主観という統一がいかなる種類のものであるか、つまり、それは一つの共同体の頂点をしめる統治者である（「霊魂」や「生命力」ではなく）ということを、同じく、この統治者が、被統治者に、また、個々のものと同時に全体を可能ならしめる階序や分業の諸条件に依存しているということを、正しく表象することができるからである。生ける統一は不断に生滅するということ、「主観」は永遠的なものではないということに関しても同様である。

主観が主観に関して直接問いたずねること、また精神のあらゆる自己反省は、危険なことであるが、その危険は、おのれを偽って解釈することがその活動にとって有用であり重要であるかもしれないという点にある。それゆえ私たちは肉体に問いたずねるのであり、鋭くされた感官の証言を拒絶する。言ってみれば、隷属者《れいぞく》たち自身が私たちと交わりをむすぶにいたりうるかどうかを、こころみてみるのである。(ニーチェ『権力への意志』原佑訳)

志賀直哉が内村鑑三に対してなした反措定は、たぶん右の言葉に要約される。しかし、ニーチェがそうであったように、志賀の認識もまたキリスト教という「病気」からやってきた。彼の作品は「告白」なのであり、またそのためにしばしば非難されてきた。だが、志賀の作品を「自己絶対性」として批判するのは見当はずれである。それはいわば「自己」の多数性の世界なのだ。皮肉なことに、「私小説」と名づけられているが、それは「一つの私・主体」とは無縁な世界なのだ。告白をしりぞけようとした者が実際は告白という制度のなかにあるとすれば、志賀は告白のなかで告白という制度と格闘したといえる。

志賀の観点からみれば、明治二十年代における認識論的な布置の組みかえがはっきりとみえる。宗教あるいは文学における主観（主体）の成立は、ある意味で、「近代国家」の成立に対応しているのである。

たとえば、少年期の内村鑑三を悩ませた多神論の矛盾は、明治年代にさまざまなレベルで存在した。内村は、「君、父、師は、青年の三位一体を構成する。三者の優劣などは彼の考えのうちにはない。彼を最も悩ませる問題は、この三者が同時におぼれようとして、しかも彼にはただ一人しか救う力しかない場合に、この中の誰を救ったらよいかということである」と書いている。だが、これは封建時代にはたんに形式的な矛盾としてあったにすぎない。同じことが徳川体制そのものについていえる。そこでは、天皇、将軍、藩大名が並び立っていた。水戸学派のようにその位階性を明確化しようとした尊皇思想はあったが、事実上あいまいなままで放置されていた。矛盾はあったが現実的な葛藤にならなかったからである。

それが現実化するのはペリー来航以来であり、明治維新は天皇を主権とする体制を形成した。が、明治政府は依然として薩長勢力にすぎず、それに対立するグループが割拠《かっきょ》していた。それは、少年内村鑑三とはべつの意味で、人々の忠誠あるいはアイデンティティの多神論的葛藤をもたらした。明治国家が「近代国家」として確立されるのは、やっと明治二十年代に入ってからである。「近代国家」は、中心化による同質化としてはじめて成立する。むろんこれは体制の側から形成された。重要なのは、それと同じ時期に、いわば反体制の側から「主体」あるいは「内面」が形成されたことであり、それらの相互浸透がはじまったことである。

今日の文学史家が、明治の文学者らの闘いを、あるいは「近代的自我の確立」を評価するとき、もはやそれはわれわれを浸しているイデオロギーを追認することにしかならない。たとえば、国家・政治の権力に対して、自己・内面への誠実さを対置するという発想は、「内面」こそ政治であり専制権力なのだということを見ないのだ。「国家」に就く者と「内面」に就く者は互いに補完《ほかん》しあうものでしかない。

明治二十年代における「国家」および「内面」の成立は、西洋世界の圧倒的な支配下において不可避的であった。われわれはそれを批判することはできない。批判すべきなのは、そのような転倒の所産を自明とする今日の思考である。それは各〻明治にさかのぼって、自らの根拠を確立しようとする。それらのイメージは互いに対立しているが、「対立」そのものが互いに補完しあいながら、互いの起源をおおいかくすのである。「文学史」はたんに書きかえられるだけでは足りない。「文学」、すなわち制度としてたえず自らを再生産する「文学」の歴史性がみきわめられねばならないのである。

Ⅳ　病という意味

1

「真白き富士の嶺《ね》／緑の江の島／仰ぎ見るも今は涙／帰らぬ十二の　雄々しきみ霊に／捧げまつらん胸と心」という唱歌は、だれでも知っている。また、この歌が基く「七里ヶ浜事件」については、だれでもけなげな可憐《かれん》な話を想いうかべるだろう。それは、明治四十一年一月、七里ヶ浜で逗子開成中学の六人の学生がボートで遭難死した事件であるが、宮内寒弥の小説『七里ヶ浜――或る運命――』（新潮社）を読むまで、私はこの事件が実際はどのようなものだったかを考えてみたこともなかった。

この事件がおこったとき、舎監《しやかん》だった石塚教諭は責任をとって辞職する。この小説は、その後岡山へ流れて行き、そこで結婚し養家の名に改姓したこの教師の息子――今は年老いた無名作家である――が、この事件を解明するというかたちをとっている。それによれば、事実は、たちの悪い六人の中学生が海鳥をうち殺してその肉で蛮食会《ばんしよく》を楽しむために、舎監の不在を利用して無断で舟出して遭難したということらしい。不在だった舎監が一応責任を問われるのは当然である。しかし、今日でもよくありそうなこの事件が一夜にして神話化されるためには、それ以上の契機がなければならない。たとえば、デモにおける学生の死が一夜にして革命的な死として神話化される場合、べつに不可解なところはない。が、この事件の神話化には、ある不透明な転倒がひそんでいる。

具体的にいえば、この事件は、告別式において、鎌倉女学校教諭三角錫子が作詩し、新教聖歌「われらが家に帰る時」の曲に合わせて女学生たちによって歌われた、右の歌によってにわかに変形されべつのレベルに転移させられたのである。どこにでもいる無鉄砲な中学生の愚行をみごとに美化してしまう、社会的な神話作用はどのようなものだったのか。さしあたっていえるのは、この神話作用がキリスト教的な歌——言葉と音楽——によっていることだ。あるいは、この事件——遭難死という「事実」をのぞいて——を構成しているのは徹頭徹尾「文学」なのだといってよい。

むろん宮内寒弥は必ずしもそれを目ざしているわけではないが、彼の解釈はこの神話化にひそむ淫靡《いんび》な倒錯をあばきだしている。彼の解釈では、この事件は「真白き富士の嶺……」を作詩した女教師三角錫子のピューリタニズムと自己欺瞞にもとづいている。三十九歳の錫子は結核の治療のため鎌倉に転地しそこで教師をしているのだが、「健康のために」結婚を希望する。この「健康のため」という理由づけがどれほど自己欺瞞的かということに彼女はむろん気づいていない。縁談をとりもった生徒監が、舎監の石塚を鎌倉にひきとめて相談しているあいだに、事件がおこった。十歳年少の石塚はこの縁談を承諾するが、事件後、彼女は石塚を無視する。彼はたんに責任をとるためでなく、このことに耐えられなくて辞職し世間から身をかくす。右の歌がこの女のピューリタニカルな性的抑圧の所産であることは明瞭だが、彼女だけでなく石塚の側にも、一言でいえば「文学」が機能している。

その後カラフトで中学の教師をした彼は、息子に結婚するまで小説を読まないように厳命し、その禁を破って息子がひそかに買った世界文学全集を庭で焼いてしまったりする。それに対する反撥から、息子は文学を志し、無名作家として年老いて今日にいたるのである。彼は、小説に対する父の異常な反応から、あの事件より前に父が徳冨蘆花の『不如帰《ほととぎす》』につよく感化されており、逗子に住んだのも、十歳年長で肺病の女教師との結婚を承諾したのも、そういうロマンティシズムのためではないかと推察する。そして、『不如帰』を研究しているうちに、六人の中学生がのったボートがかつて原因不明で沈没した旗艦「松島」のものであることや、『不如帰』の浪子のモデルである大山巌陸軍元帥の長女の末弟が「松島」とともに死んだことなど、さまざまな因果の網の日で結ばれている事実を見いだすのである。そして、無名の老作家畑中は最後につぎのような心境にいたる。

何れにしても、自分がこの世に生まれて来たり、心ならずも文学志望の一生を送ったりしなければならなかったのは、小説「不如帰」に端を発した因果関係によるものだった、と考えられる。畑中は、そう信ずるようになった。そして、そう信ずることによって、自分が人生の落伍者であることが決定的となった頃から、亡父と七里ヶ浜遭難事件に対して、人知れず胸の底で燃やし続けてきた怨みの火が――急に消滅して行く思いをした。

この主人公にとってはそれですむのかもしれないし、また「七里ヶ浜事件」にそれ以上の問題があるわけではない。しかし、すべてが小説『不如帰』に発しているということを信じるようになって、「怨みの火」が消えたというとき、私はある苛立ちを禁じえない。彼この作家は、彼の文学が「文学」によってはじまっていることに救いを見出している。彼はこの事件を非神話化しながら、その源泉にある「文学」の神話作用を対象化せず、はじまりから終りまで「文学」の神話に包まれていることに安堵をおぼえているのだ。むろん彼だけでなく、ほとんどの作家はそのような自覚なしにこの円環に安住しているのである。はじめに「文学」ありき、なのだ。はじまりとしての「文学」は派生的なものなのに、あたかもそれがはじまりであるかのようにみえるところに、「文学」の神話がある。たしかに、この「七里ヶ浜事件」は、女教師や女学生によって、またそれを好んで受けいれたこの時代の社会によって神話化されている。しかし、ここで問題なのは当事者や社会ではなく、『不如帰』そのものである。たとえば、これは、泉鏡花の『婦系図』（明治四十年）と並んで、明治末期に最も多く読まれた作品の一つである。これが流行したのはたんに通俗的だからではなく、ある感染力をもった転倒がそこに凝縮《ぎょうしゅく》されていたからである。

2

周知のように、徳冨蘆花の『不如帰』（明治三十一—三十二年）は、結核で死んで行く浪子をヒロインとする。彼女は母をやはり結核でなくし、気の強い継母にいじめられて育つ。その点で、これは日本古来の「継子《ままこ》いじめ」の物語を踏襲している。また、彼女は姑《しゅうとめ》にいびられるのだが、これも型通りである。柳田国男が指摘したように、継子いじめの物語は、継子いじめが現にあるから書かれるのではない。現になくてもそれは好まれる。おそらくこの型は、父系的な家族制が成立したときにはじまっていると思われる。この制度の不自然さ——といっても母系制が自然だというわけではない——が、継子いじめの物語を要求するのである。この作品は、そのような型を存続させているものを否定するよりも、それにまったく依存している。「近代文学」としてみれば、二葉亭四迷、北村透谷、国木田独歩などのような鋭い転倒性はどこにもない。まったく新派の舞台にふさわしい作品である。

しかし、注目すべきことは、浪子を死なせてしまうのが継母や姑や悪玉たちではなく、結核だということである。彼女を夫の武男にとって到達しがたいものにするのは、結核である。人間と人間との間の葛藤が、あるいは「内面」が彼女を孤独にするのではない。いわば眼にみえない結核菌が彼女と世界に距離をもたらすのである。いいかえると、この作品では、結核は一種のメタフォアなのだ。そして、この作品の眼目は、浪子が結核によって美しく病み衰えていくところにある。

色白の細面《ほそおもて》、眉の間や、蹙《せま》りて、頬のあたりの肉寒げなるが、疵《きず》と云わば疵なれど、瘠形《やせがた》のすらりと静淑《しお》らしき人品《ひとがら》。此れや北風に一輪勁きを誇る梅花にあらず、また霞の春に蝴蝶《こちょう》と化けて飛ぶ桜の花にもあらで、夏の夕闇にほのかに匂う月見草、と品定めもしつ可き婦人。

然れど解きても融け難き一塊の恨は深く〳〵胸底に残りて、彼が夜々吊床《ハンモック》の上に、北洋艦隊の殲滅《せんめつ》と吾討死《うちじに》の夢に伴うものは、雪白の肩掛《ショール》を纏《まと》える病める或人の面影なりき。

消息絶えて、月は三たび移りぬ。彼女猶《なお》生きてありや、なしや。生きてあらん。吾が忘る、日なきが如く、彼も思わざるの日はなからん。共に生き共に死なんと誓いしならずや。

武男は斯く思いぬ。更に最後に相見し時を思いぬ。五月の月松にかゝりて、朧々《おぼろ》としたる逗子の夕、吾を送りて門に立出で、「早く帰って頂戴」と呼びし人は何処ぞ。思い入りて眺むれば、白き肩掛《ショール》を纏える姿の、今しも月光の中より歩み出で来らん心地すなり。

このような浪子の形姿は、典型的にロマン派のものである。ロマン派と結核の結びつきはよく指摘されているが、スーザン・ソンタグの『隠喩《いんゆ》としての病い』によれば、西欧では十八世紀中葉までに、結核はすでにロマンティックな連想を獲得していた。結核神話が広がったとき、俗物や成り上り者にとって、結核こそ上品で、繊細で、感受性の豊かなことの指標となった。結核に病んだシェリーは、同じ病いのキーツに、「この肺病というやつは、きみのように素晴らしい詩を書く人をことさらに好むのです」と書いている。また、結核を病む者の顔は、貴族が権力ではなくなってイメージの問題になりかけた時代では、貴族的な容貌の新しいモデルとなった。

ルネ・デュボスは、「当時は病気のムードがとても広まっていたため、健康はほとんど野蛮な趣味の徴候《ちょうこう》であるかのように考えられた」（田多井吉之介訳「健康という幻想」）といっている。感受性があると思いたい者は、むしろ結核になりたがった。バイロンは「私は肺病で死にたい」といったし、太って活動的なアレクサンドル・デュマは、弱々しい肺病やみにみせかけようとした。

実際に社会的に蔓延している結核は悲惨なものである。しかし、ここでは結核はそれとかけはなれ、またそれを転倒させる「意味」としてある。結核が、あるいは一般に病気がこのような価値転倒をはらむ「意味」として存在したことは、日本にはなかった。のちにのべるように、それはユダヤ・キリスト教的な文脈においてのみあったのだ。西洋における結核の神話化は、たしかに近代におこっているが、この源泉は深い。

たとえば、ソンタークはこうのべている。

十八世紀にいたって（社会的、地理的な）移動が新たに可能になると、価値とか地位とかは所与のものではなくなり、各人が主張すべきものとなる。それは新しい服装観（ファッション）や、病気への新しい態度を通じて、主張された。服装（身体を外から飾る衣裳）と病気（身体の内側を飾るものの一つ）とは、自我に対する新しい態度の比喩となった。（富山太佳夫訳「隠喩としての病い」）

『不如帰』がまきちらしたのは、まずそのようなモード・飾りだったといってよい。陸軍中将子爵の長女浪子と、海軍少尉男爵川島武男という二人は、イメージとしての貴族性を与えられている。さらに、西欧のサナトリウムとして有名になった地に対応して、逗子がある。「七里ヶ浜事件」の教師を魅惑したのは、そういうイメージにほかならなかった。のちには、堀辰雄が軽井沢をそのようにモード化するだろう。いずれにしても、結核は現実に病人が多かったからではなく、「文学」によって神話化されたのである。事実としての結核の蔓延とはべつに、蔓延したのは結核という「意味」にほかならなかった。

結核という服装を通して主張されたのは、ソンタークのいうように「自我に対する新しい態度」だといってよい。「第三の新人」にいたるまでの近代文学には、結核と文学の恥ずかしいほどの結合がある。むろん恥ずかしいのは、結核という事実ではなく、結核という意味なのだ。そして、それは『不如帰』にはじまっている。

ところで、ソンタークは先頃来日したとき、誰かにふきこまれたのだろうが、日本の十九世紀にロマン主義はなかったといっている。十九世紀の大半は江戸時代だったのだから、それは当然である。むろん、世紀末のロマン派を例にあげて、彼女の無知な先入見を批判することはできる。しかし、それらはいずれもロマン主義を実体的にとらえてしまうことであり、線的な歴史の順序の上でものをみることである。確実なのは、ロマン派とよぼうとよぶまいと、明治三十一年に『不如帰』が書かれたとき、すでに根本的な転倒が生じていたということである。むしろそれをロマン主義とよんで片づけるのは、この問題をみのがすことである。なぜなら、そこには、ロマン主義がその一部にすぎないような西洋的な「転倒」が凝縮されているからである。

これまでにもくりかえし述べたように、私は「文学史」を対象としているのではなく、「文学」の起源を対象としている。『不如帰』にあらわれた結核の意味づけが、あるいはそれとともに生と死に関する意味づけが、どれほど〝倒錯的〟であるかをみるためには、たとえば、ほぼ同時期に書かれた正岡子規の『病牀六尺《びょうしょうろくしゃく》』をみればよい。

病牀六尺、これが我世界である。しかも此六尺の病牀が余には広過ぎるのである。僅《わづ》かに手を延ばして畳《たたみ》に触れる事はあるが、蒲団の外へまで足を延ばして体をくつろぐ事も出来ない。甚《はなはだ》しい時は極端の苦痛に苦しめられて五分も一寸も体の動けない事がある。苦痛、煩悶、号泣、麻痺剤、僅かに一条の活路を死路の内に求めて少しの安楽を貪《むさぼ》る果敢《はか》なさ、其れでも生きて居ればいひたい事はいひたいもので、毎日見るものは新聞雑誌に限つて居れど、其れさへ読めないで苦しんで居る時も多いが、読めば腹の立つ事、癪《しやく》にさはる事、たまには何となく嬉しくて為に病苦を忘るる様な事が無いでもない。年が年中、しかも六年の間世間も知らずに寝て居た病人の感じは先づこんなものですと前置きして……

ここには、ロマン派的な結核のイメージはまったくない。また、子規は、「我邦古来の文学者美術家を見るに、名を一世に揚げ誉《ほまれ》を万載《まんさい》に垂るゝ者、多くは長寿の人なりけり」

といい、「外邦にても格別の差異あるまじ」という（「芭蕉雑談」）。夭折する天才というような観念に何の価値も与えていないのである。むろん子規の短歌や俳句の革新は、結核が強いた現実や生理と無関係ではない。しかし、彼は〝意味〟としての結核とは無縁なままであった。

私は以前に国木田独歩の見出した「風景」が、子規の「写生」とは異質であり、ある内的な転倒の上にあるとのべた。同じことが、結核についていえる。右の文は、いわば結核を「写生」している。それは苦痛を苦痛としてみとめ、醜悪さを醜悪さとしてみとめ、「死への憧憬」のかわりに生に対する実践的な姿勢を保持している。それに対して、ほぼ同時期に書かれた『不如帰』は、結核をメタフォアにしてしまっている。

3

私はすでに明治二十年代における知の制度の確立が隠蔽するものについて述べてきた。それらは互いに連関しあっている。この時期の「転倒」について語ることの困難さは、本当は、それらが相互的に連関し規定しあうものだというところにある。けっして、一つの角度だけをとることはできない。たとえば、結核の文学的美化は、結核に関する知（科学）に反するものであるどころか、まさにそれとともに生じているのだ。

たとえば、『不如帰』のなかで、武男の母は次のように説く。

病気の中でも此病気ばかいは恐ろしいもンでな、武どん。卿《おまえ》も知っとる筈じゃが、彼《あの》知事の東郷、な、卿がよく喧嘩をした彼児《あのこ》の母様《かさま》な、如何かい、彼母《あのひと》が肺病で死んでの、一昨年《おととし》の四月じゃったが、其年の暮に、如何かい、東郷さんも矢張《やっぱり》肺病で死んで、宜《えゝ》かい、其から彼《あの》息子さんも矢張肺病で先頃《このあいだ》亡くなッた、な。皆母様《みいなかさま》のが伝染《うつ》ッたのじゃ。まだ此様な話が幾個《いくつ》もあいます。其でわたしはの、武どん、此病気ばかいは油断がならん、油断をすれば大事じゃと思うッがの。

すでにここでは、結核が結核菌による伝染病であるという医学的知識が前提されている。ちなみに、コッホによる結核菌の発見は一八八二年(明治十五年)である。ところが、この知識こそが浪子を離縁させ、彼女と武男を疎隔させる原因となっている。いいかえれば、結核そのものではなく、結核に関する知識が原因なのである。この作品では、結核菌は作用する主体(ニーチェ)としてある。しかし、このような知識ははたして科学的なのだろうか。フォイアアーベントは、科学史において、ある説を真理たらしめるのはプロパガンダだと極言している(「反方法」)。彼はそれをガリレオを例にとって検討するのだが、おそらく結核菌の発見とともに生じた事態はそれをもっと歴然と示している。

結核はコッホによって結核菌が見出されるまで西洋では遺伝病だと考えられていたが、一九二一年にワクチン（ＢＣＧ）が完成し、結核の予防が可能となっただけでなく、以後ストレプトマイシンなどが発見され、死亡率がいちじるしく低下している、というのが常識である。しかし、ここで注目すべきことは、結核が微生物（細菌）によるという発見が、それまでの医学思想を変える新たなパラダイムを形成したことである。それは、パストゥールやコッホによって主張された、病気の特異的原因論の勝利である。

病原体説、さらにもっと広くいえば病気の特異的原因論は、ほとんど一世紀にわたって、ヒポクラテスの伝統を打ち破った。おのおのの病気は明確に限定された原因をもち、原因となる作用因子を攻撃することによって、また、これが不可能なら、からだの病気の部分に治療を集中すれば、その撲滅《ぼくめつ》がよくできるというのが、新しい学説の中核である。これは、全体としての患者、さらに患者の環境全体を重視した古代医学からは、かけはなれている。この二つの観点の相異は、パストゥールがパリ医学会で発表を行なった際の論争に、劇的な形であらわれている。（ルネ・デュボス『健康という幻想』）

「病原体」が見出されたことは、あたかも従来のさまざまな伝染病が医学によって治療されるようになったかのような幻影を与えている。しかし、西洋の中世・近世の伝染病は、その「病原体」が見出されたときには、事実上消滅していた。それは、下水道をはじめとする都市改造の結果であるが、むろん都市改造をすすめた者たちは細菌や衛生学について何も知らなかったのだ。同じことが結核についてもいえる。

たとえば、結核が広く流行した間、いちばん感受性の高い人は若いうちに死にやすいから、子孫も残らない。これに反して、生き残った多くの人は、遺伝的に高度の自然抵抗力をもっており、それを子孫に伝えていく。現在の西欧社会にみられる結核死亡率の低下は、部分的には、感受性の高い家系を滅ぼしさった、十九世紀の大流行で生じた、淘汰《とうた》作用の結果である。(同右)

つまり、結核菌は結核の「原因」ではない。ほとんどすべての人間が、結核菌やその他の微生物病原体の感染をうける。われわれは微生物とともに生きているのであって、むしろそれがなければ消化もできないし、生きていけない。体内に病原体がいることと、発病することとはまったくべつである。西洋の十六世紀から十九世紀にかけて結核が蔓延したことは、けっして結核菌のせいではないのだし、それが減少したのは必ずしも医学の発達のおかげではない。それでは何が窮極的な原因なのかと問うてはならない。もともと一つの「原因」を確定しようとする思想こそが、神学・形而上学的なのである。

デュボスのいうように、「人間と微生物との闘争」というイメージは、まったく神学的なものである。細菌とは、いわば眼にみえないが遍在している「悪」なのだ。たとえば、虫歯についてよく小悪魔の活動が図示されるが、それは錯覚を与えている。虫歯はほとんど遺伝的なものであって、歯をみがいてもむだだからである。ただ歯をみがくことには、別の文化的な価値があるにすぎない。

たしかにコッホは結核菌を発見した。しかし、それが結核の原因だということはプロパガンダである。のみならず、ひとびとがこの学説をたやすく受けいれたのは、それが神学的なイデオロギーだったからだ。ちょうど明治二十年代に、この学説は普及した。『不如帰』に浸透しているのは、この学説のイデオロギー的側面である。そこでは、結核はあたかも原罪のように存在している。したがって、浪子はキリスト教に魅《ひ》かれる。この小説は巧妙なプロパガンダであって、それは結核菌そのものにはないような感染力をもっている。

4

『不如帰』以来、結核は文学的なイメージにおおわれたが、いま問題にするのは、その医学的イメージそのものである。それらは相互連関的なものであって、同じ源泉をもっている。

たとえば、スーザン・ソンタグは癌患者になった経験から、病気がいかに隠喩として使われているかに気づき、「そうした隠喩の正体を明らかにしそれから解放される」べきだと考える。《私の言いたいのは、病気とは隠喩などではなく、したがって病気に対処するには――最も健康に病気になるには――隠喩がらみの病気観を一掃すること、なるたけそれに抵抗することが最も正しい方法であるということだ》。そのなかでは、結核と癌が最も代表的なメタフォアであるが、結核は治療可能となったために、癌がいまや凶々《まがまが》しい隠喩として豊富に用いられている。たとえば、ある事件・状況が手の施しようもないほど徹底的に悪いものであることを極めつけるために、それを癌とよぶ。「東京都政の癌は……」というように。ソンタグの意見では、癌の正体が明らかになり治癒可能となれば、そのような隠喩は消えるだろう、という。

しかし、癌患者は、癌がそのような隠喩として用いられているがゆえにそれだけ被害をうけているとはいえない。結核は明瞭に伝染的であるために、患者は『不如帰』の浪子のようにタブーにされてしまうことがあるが、癌というメタフォアは、癌患者とはほとんど無関係である。癌というメタフォアから患者が解放されることに特に意味はない。しかも、癌が治療可能となれば、そのメタフォアから解放されるだろうと彼女がいう場合、そのとき癌患者は癌そのものから解放されているのだから、意味をなさない。一方、癌という隠喩でよばれている事態の方は、それがなくならないかぎり、またべつの隠喩でよばれるだろう。

ところで、病気そのものと隠喩としての病気を区別することはできるだろうか。つまり、一方に明瞭な「肉体的病気」があり、他方にその隠喩的使用があるということができるだろうか。病気は、それが分類され区別されるかぎりで、客観的に存在する。たとえば、医者がそう命名するかぎりでわれわれは病気なのだ。当人が病気を意識しない場合でも〝客観的には〟病気なのであり、当人が苦しんでいても病気でないとされることもある。いいかえると、病気は諸個人にあらわれるのとはべつに、ある分類表、記号論的な体系によって存在する。それは個々の病人の意識をはなれたところにある社会的な制度である。病気はそもそもの最初から意味づけなのであって、「最も原始的な文化では、病気を敵意のある神や他の気まぐれな力の訪れと考えている」（ルネ・デュボス）。個々人の病識から自立し、また医者―患者の関係からも自立し、さらに意味づけからも自立するような〝客観的〟な病気は、実は近代医学の知的体系によって作り出されたものである。

問題は、ソンタークのいうように病気がメタフォアとして用いられることなどではなく、逆に病気を純粋に病気として対象化する近代医学の知的制度にある。それが疑われないかぎり、近代医学が発展すれば、人々は病気から、したがって病気の隠喩的使用から解放されるだろうというようなことになってしまうほかない。しかし、そのような考えこそ「健康という幻想」（ルネ・デュボス）なのであって、病気を生じさせるものは悪でありその悪を除去しようという神学の世俗的形態にすぎない。科学的な医学は、病気にまつわるもろもろの「意味」をとりのぞいたが、それ自体もっと性《たち》の悪い「意味」に支配されている。

たとえば、ニーチェは、西欧の精神史は病気の歴史だといっている。つまり、彼は病気をメタフォアとして濫用《らんよう》したのだが、しかし、彼は「健康という幻想」から程遠かった。彼が攻撃したのはいわば「病原体」という思想にほかならない。

あたかも一般人が稲妻《いなずま》をその閃《ひらめ》きから引き離し、閃きを稲妻とよばれる一つの主体の作用と考え、活動と考えるのと同じく、民衆道徳もまた強さを強さのあらわれから分離して、自由に強さをあらわしたりあらわさなかったりする無記な基体が強者の背後に存在しでもするかのように考えるのだ。しかしそういう基体はどこにも存在しない。作用・活動・生成の背後には何らの「存在」もない。「作用者」とは、たんに想像によって作用につけ加えられたものにすぎない。作用がすべてなのだ。実際をいえば、一般人は稲妻というものを閃かしめるわけだが、これは作用の重複、作用＝作用というべきものであって、同一の事象をまず原因として立て、次にもう一度それの結果として立てるのだ。自然科学者たちは、「力は動かす、力は原因になる」などというが、これもよりすぐれた表現ではない。――あらゆる彼らの冷静さ、感情からの自由にも拘らず、現今の科学全体はなお言語の誘惑に引きずられており、「主体」という魔のとりかえ児の迷信から脱却していない。（「道徳の系譜」）

たとえば、「病と闘う」というのは、病気があたかも作用する主体としてあるかのようにみなすことであり、科学もそのような「言語の誘惑」に引きずられている。ニーチェにとって、そのように病原＝主体を物象化してしまうことが病的なのだ。「病気をなおす」という表現もまた、なおす主体（医者）を実体化する。西欧的な医療に存する枠組はそっくりそのまま神学的である。逆にいえば、神学的な枠組は医療の枠組に由来している。

ヒポクラテスの医療において、病気は特定の、あるいは局部的な原因に帰せられるのではなく、身心の働きを支配する各種の内部因子の間にある平衡状態がそこなわれたものとみなされている。そして、病気を癒やすのは医者ではなく、患者における自然の治癒力である。これはある意味で東洋医学の原理である。そして、西欧においてヒポクラテスの医学が神学・形而上学的な思考の下に抑圧されていったのと類似したことが、明治時代のきわめて短い時間のうちにおこっている。

たとえば、同じ結核という病に関して、『不如帰』が神学的な枠組を与えているのに対して、正岡子規の『病牀六尺』は、ただ病気は苦しいと率直にいうだけだ。それはニーチェの次のような言葉を想い出させる。

仏教は、くりかえしいえば、百倍も冷静で、誠実で、客観的である。仏教はもはや、おのれの苦を、おのれの受苦能力を、罪の解釈によって礼節あるものたらしめる必要がない、——仏教はその考えるところを率直にいう、「私は苦しい」と。これに反して野蛮人(キリスト教徒)にとっては苦それ自体がなんら礼節あるものではない。野蛮人は、おのれが苦しんでいる事実をみずから認めるためには、まず一つの解釈を必要とするのである(その本能はかえって苦の否認を、ひそかに苦を忍ぶことを指示する)。ここでは「悪魔」という言葉は一つの恩恵であった、強力な怖るべき敵がいたのである、——そうした敵で苦しむことを恥とする必要はなかったのである。(「反キリスト者」)

もちろん、これは正岡子規が仏教徒であるか否かとは無関係である。同様に、徳冨蘆花がキリスト教徒だったということも、大して問題ではない。重要なのは、『不如帰』という作品が『病牀六尺』からみて完全にねじまげられた構造をもつこと、そしてそのゆえにこそ、感染力をもつということである。

5

周知のように、明治以後、東洋医学は制度的に排除されている。西洋医学だけが医学となり、それ以後、国家による認定をうけない医療は、民間療法、迷信とみなされている。知と非知がこれほど露骨に分割された領域はほかにはない。

むろん明治の法制度において、医学的制度は部分的なものにすぎないようにみえる。しかし、江戸時代において許容された西洋の「知」がオランダ医学だけだったということ、また明治維新をブルジョア的革命たらしめるイデオロギーがすべて蘭学者を通して与えられたということを考えるならば、明治期の西洋医学派の権力獲得は、部分的であるどころか、最も象徴的なものである。他のいかなる領域においてよりも、近代医学は「知」の権力となったのである。われわれは、医療が国家的制度であるということに慣れているので、むしろそのことに気づきもしない。しかし、服部敏良は、江戸時代に来日したオランダ人の医師たちの眼に映った日本の医療について次のようにのべている。

わが国の当時の医療制度は外国と異なり、何人も自由に医師となり、医業を行うことができた。したがって、外国人の眼には、この制度が異常に感じられ、すでに室町時代、ルイス・フロイスがこれを指摘し、シャルルヴォアもまた日本の医師は、外科医であり、薬種商であり、同時に本草学者でもあるといい、日本の医師が自ら調剤し、直接病人に薬剤を投与することに奇異な感じを抱いていた。

ツンベルグは、日本の医師には内科医、外科医のほかに、〝もぐさ〟を使用する灸医師、鍼《はり》を刺す鍼医師、按摩《あんま》を主とする按摩医師があるとし、しかも、往来を流し歩いて特異な叫び声をあげて客を呼ぶ按摩もまた医師であるとしていた。このうち内科医が最も格式も高く、学問もすぐれている。(「江戸時代医学史の研究」)

オランダ人の医師がそれを異常に感じたのは、その当時の西洋の医学がすでに中央集権化されたものだったからである。ミシェル・フーコーは、フランスの場合、十八世紀における流行病の状況およびその研究によって、医学が国家的な規模で情報収集、管理、拘束の必要にせまられ、一七七六年政府によって王立医学協会が設立されたことに、その起源を見出している。このころに二つの神話が形成された。その一つは国家化された医療であり、医者は一種の聖職者となる。もう一つは、健全な社会を建設すれば病というものは一切なくなるだろうという考えである。したがって、「医師の最初のつとめは政治的なものである」。医学はもはやたんなる治療技術とそれが必要とする知識の合成物でなく、健康な人間と健康な社会に対する知識をも意味し、「人間存在の管理の上で、医学は規範的な姿勢をとることになる」(「臨床医学の誕生」)。

このようにみるならば、蘭学者たちのなかから明治維新のブルジョア的イデオローグが出てきたのは偶然ではない。医学を媒介としてではなく、医学そのものが、中央集権的であり、政治的であり、且つ健康と病気を対立させる構造をもっていたのである。

日本で国家的な医療制度が実質的に確立したのは、あらゆる法制度と同様に、明治二十年代である。しかも、それは西欧において病原体理論が支配しはじめた時期にあたっている。医学史という文脈でみるとき、病原あるいは病気という「想像的な主体」(マルクス)が制度的に支配しはじめたことは明白である。しかし、文学史においても同じことがおこったことは忘れられている。実際、明治二十年代の「国文学」は、国学、漢文学を制度的に排除し中心化することによって確立されたのである。が、もっと忘れられているのは、国家に対して自立するような「内面」「主体」が、国家的な制度によってこそ成立しえたということである。この社会は病んでおり、根本的に治療せねばならぬという「政治」思想もまた、そこからおこっている。「政治と文学」は、古来から対立する普遍的な問題であるどころか、互いに連関しあう〝医学的〟思想なのである。

明治二十年代から三十年代にかけてロマン派的だった文学者がやがて自然主義に移行していったのは、べつに偶然ではない。自然主義はもともと医学的な理論なのだ。文学史的な名称は、そこにある関係性をおおいかくしてしまう。それらを「事実」として切りはなしてしまうことが、問題をみえなくさせるのである。

くりかえしていうように、結核の蔓延という事実があったから、結核の神話化がおこったのではない。結核は、イギリスと同様に、日本でも産業革命による生活形態の急激な変容とともにひろがっている。結核は、昔からある結核菌によってではなく、複雑な諸関係の網目におけるアンバランスから生じている。事実としての結核そのものが、解読さるべき社会的・文化的徴候なのだ。しかし、結核を、物理的《フィジカル》（医学的）であれ、神学的であれ、一つの「原因」に還元してしまうとき、それは諸関係のシステムをみうしなわせる。

今日では、癌という厄介な病気は、それが特異的な原因によるのではないこと、むしろ生命と進化の根源にかかわる問題であることをわれわれに教えている。癌という隠喩は、それから解放さるべきものであるどころか、結核によって与えられた「意味」を解体する鍵としてある。

V　児童の発見

1

児童文学史家たちは、日本における「真に近代的な児童文学」の生誕が小川未明（「赤い船」明治四十三年）あたりであるという点で、ほぼ一致しているようにみえる。また、こうした「童心文学」が出現したことについては、石川啄木のいう「時代閉塞《へいそく》の現状」の下での文学者のネオロマンティックな逃避として、さらに西欧の世紀末文学の影響としてみられている。たぶんこれは文学史的な通説だといってもよいが、児童文学者の内部では、逆にそのこと、つまり児童文学が大人の文学者の詩、夢、退行的空想として見出されたことが批判の的となっている。そこにある児童は大人によって考えられた児童であって、まだ「真の子ども」ではないというのだ。たとえば、小川未明はつぎのように批判される。

一九二六年、小説と童話を書き分ける苦しさを解消し、以後童話に専心することを宣言してから、未明の作品の世界は大きく変化した。かつての未明童話を特徴づけていた空想世界は徐々に姿を消し、代わって現実的な児童像が描かれ始めた。それとともに、未明の作品には濃厚な教訓臭が感じられるようになった。

「わが特異な詩形」としての童話を書いている間、未明は子どもの賛美者であり得た。子どものもつ諸〻《もろもろ》の特性こそが、空想世界の支えであると感じられていたからである。しかし、いよいよ子どもを対象として作品を書く決意をした時、未明は現実の子どもと向き合わざるを得なかった。そして未明は子どもたちが環境と調和して生きられるように「忠告」する必要を感じるようになる。なぜなら、現実の子どもを目の前にすれば、未明の観念のなかにあった子どものように「無知」「感覚」「柔順」「真率」な子どもは存在しないことに気付かないわけにはいかなかったからである。

空想的な童話を書いている時期にも、教訓的な童話を書いている時期にも、未明は子どもの側に立って発想してはいなかったと言えよう。すでに見たように、未明は自らの内部を表現するために童話の空想世界を必要としたのであったし、「わが特異な詩形」を捨てて、「子どものために」書こうと努めるようになった時には、おとなの立場に立って、子どもに現実の中で調和的に生きる道を教示したのであったから。いずれにしても、未明は、子どもの眼で世界を見ることはしていなかったのである。

未明の「童話」が根本的には「子ども不在」の文学であったにせよ、多くの追従者をもった。それは未明の「童話」が、それまでに存在しなかった独自の美をもった作品を生んだことにもよるが、一番大きな原因は、日本の近代のおとなの多くが、未明と同様、真の子どもの発見者ではなかったことによるのである。（猪熊葉子「日本児童文学

の特色」（『日本児童文学概論』所収）

ここでは、小川未明における児童は、「現実の子ども」からみると、ある転倒した観念にすぎないといわれている。未明における「児童」がある内的な転倒によって見出されたことはたしかであるが、しかし、実は「児童」なるものはそのように見出されたのであって、「現実の子ども」や「真の子ども」なるものはそのあとで見出されたにすぎないのである。したがって、「真の子ども」というような観点から未明における「児童」の転倒性を批判することは、この転倒の性質を明らかにするどころか、いっそうそれをおおいかくすことにしかならない。児童文学史家がどんなに克明《こくめい》に明治期の児童文学の起源を明らかにしても、そこには本質的に「起源」というものに関する考察が欠けている。

児童が客観的に存在していることは誰にとっても自明のようにみえる。しかし、われわれがみているような「児童」はごく近年に発見され形成されたものでしかない。たとえば、われわれにとって風景は眼前に疑いなく存在する。しかし、それが「風景」として見出されたのは、明治二十年代に、それまでの外界を拒絶するような「内面性」をもった文学者によってである。それ以後、「風景」はあたかも客観的に実在し、それを写すことがリアリズムであるかのようにみなされる。あるいは、ひとはさらに「真の風景」をとらえようとする。しかし、そのような「風景」はかつては存在しなかったのであり、それは一つの転倒のなかで発見されたのである。

まったく同じことが「児童」についていえる。「児童」とは一つの「風景」なのだ。それははじめからそうだったし、現在もそうである。したがって、小川未明のようなロマン派的文学者によって「児童」が見出されたことは奇異でも不当でもない。むしろ最も倒錯しているのは「真の子ども」などという観念なのである。「明治以来の作家たちの多くが、おとなの立場から発想し、子どもの側に立って発想してこなかったことこそ、おそらく日本児童文学の最大の特色であろう」(猪熊葉子)というのは、明らかにまちがっている。第一に、それは日本児童文学の特色ではなく、西欧においてももともと「児童」はそのようにして見出されたのである。第二に、もっと重要なことだが、児童文学が見出されるためには、まず「文学」が見出されねばならなかったのであって、日本における児童文学の確立がおくれたのは、「文学」の確立がおくれたからにすぎない。しかし、私がこれまで一連の論考で問題にしてきたのは、このおくれではなく、また西欧文学との差異でもなくて、西欧においては長期にわたるために隠蔽されるが日本においてはほぼ明治二十年代に集中的に検証しうる、「文学」という制度の問題なのである。

小川未明や鈴木三重吉らによって確立された「児童文学」が、「文学」より十年あまりおくれているのは、不思議ではない。児童文学を孤立的にとり出して、それを歴史的な連続性においてみることがまちがっているのだ。同時代にすでに西欧で児童文学が発達していたからといって、それと比較するのは馬鹿げている。たとえ彼らがどんなに西欧の児童文学を読み、その影響を受けていたとしても、日本の児童文学が〝影響〟からただちに出てくることなどありはしなかったと断定できる。それは「文学」の形成過程からみて明白である。たとえば、ロシア文学に震撼されていた二葉亭四迷は、『浮雲』第一編においてなかば人情本や馬琴の文体におし流されざるをえなかった。彼がすでにどんなに「内面的」であったとしても、いわば手がそれを裏切るのだ。つまり、表現さるべき「内面」や「自己」がアプリオリにあるのではなく、それは「言文一致」という一つの物質的形式の確立において、はじめて自明のものとしてあらわれたのである。かつてのべたように、「言文一致」とは、言を文にうつすことではなく、もう一つの文語の創出にほかならなかった。したがって、たんに口語的に書く山田美妙や二葉亭四迷の初期の実験は、森鷗外の『舞姫』（明治二十三年）が登場するやいなや、たちきえるほかなかった。

　当時の読者にとって――学童にとってさえ、「言文一致」の方が読みづらかったことを忘れるべきではない。硯友社系で言文一致を試みていた巌谷小波が書いて大反響をよんだ『こがね丸』（明治二十四年）は、文語体で書かれている。それを批判された巌谷小波はつぎのように答えている。

　元来言文一致なるものは、彼の落語講談の速記とは大に異なりて、元是一種の文体なれば、只通常の俗語を並列して以て足れりとなすにはあらず。必ずや其間に緩急《かんきゅう》あり疎《そ》密《みつ》あり抑揚ありて、尋常《じんじょう》美辞学的の諸要素は、一も欠く可きものにあらず。只用うる新俗語多きが故に、他の文体に比して稍々《やや》解し易きも、書き方によりては却て雅俗折衷《せっちゅう》のある一体よりは、遥かに解し難きことあり。之を以て余は彼の黄金丸を綴《つづ》るに、当初は言文一致を以て試みたるも、少しく都合ありて文体を改めたり。

これについて、菅忠道は、「子どものために文学を創造するということが文壇的にも社会的にも認められていなかった」時代だから、小波が「あのように凝《こ》った文体で書いたのには、意識的な文学的ポーズがあったのではないだろうか」（『日本の児童文学』）という。しかし、そういうことばはむしろ現在の児童文学者にあてはまるだろう。このころ、巌谷小波は、言文一致をとろうととるまいと、まだ「文学」を、あるいは「児童」というものを見出していなかったのである。小川未明までの児童文学がおもに硯友社系の作家によって担われたという事実は、「児童文学」の生誕がたんなる歴史的連続性においてではなく、一つの切断・転倒として、あるいは物質的形式（制度）の確立として見られねばならないことを示している。「児童」の発見は、「風景」や「内面」の発見において生じたのであって、それはけっして「児童文学」に限定されるような問題ではない。

2

　児童文学者たちが「子ども」という観念を疑わないばかりか、さらに「真の子ども」を追求しようとしているのは、児童が事実として眼前に存在しているからである。風景と同様に、児童は客観性として存在し、観察され研究されている。そのことを疑うことは困難である。しかし、児童に関する〝客観的〟な心理学的研究が進めば進むほど、われわれは「児童」そのものの歴史性を見うしなっている。むろん児童は昔から存在したが、われわれが考えるような、対象化するような「児童」は、ある時期まで存在しなかったのだ。子どもに関する心理学的探究が何を明らかにするかということよりも「子供」という観念が何をおおいかくすかが問題なのである。

「子供」について、それぞれ異なった角度からだが、最初に疑った心理学者として、ヴァン・デン・ベルクとミシェル・フーコーをあげることができる。彼らはいずれも、心理学そのものを歴史的なものとしてみる視点をもったので、その過程で「子供」の歴史性を問題にしたのである。ヴァン・デン・ベルクは、「子供を子供として最初に見出し子供を大人として扱うのをやめた」のはルソーであって、それ以前に「子供」は存在しなかったという(「変化する人間性」)。《人は子供というものを知らない。子供についてまちがった観念をもっているので、議論を進めれば進めるほど迷路にはいりこむ》（ルソー「エミール」）。これはちょうど、それまでたんなる障害物にすぎなかったアルプスが、ルソーの『告白録』において自然美として見出されたのに対応している。その意味でも、「児童」は「風景」なのだ。

ヴァン・デン・ベルクは、たとえばパスカルの父親が息子に与えた教育について述べているが、それは今日からみれば驚くべきほどの早期教育である。もっとのちのゲーテも、八歳までにドイツ語、フランス語、ギリシャ語、ラテン語を書くことができた。つまり彼らは「子供として扱われなかった」のである。むろん、彼らは、現在も高名な人々だからといって、とくに例外的だったわけではない。また、それはとくに西欧に特徴的なことでもない。日本でも漢学の早期教育は当然とされており、江戸時代の儒学者のなかには、十代で昌平黌《しょうへいこう》で講義をした者もいる。才能が結果的に問題になるとしても、子供は子供としてでなく小さな大人として教育されたことに変りはない。むろん、そのような教育は、いわば学者の家でだけありえたわけだが、そうでない家庭においても結局同じことがいえる。今日でも歌舞伎役者の家では、子供は早くから役者として育てられている。

彼らがいかに早熟だからといって、たとえばパスカルを「天才」とよぶべきではない。「天才」はロマン派によって考えられた観念であるし、また「天才」はそれ以後にしかあらわれないのである。ルネッサンスの短い期間にフィレンツェに輩出したいわゆる天才たちについて、エリック・ホッファーは、彼らが「職人や工芸家のもとで徒弟時代をすごした」ことを指摘している。つまり、彼らはわれわれが考えるような「児童」の時期をもたなかったし、そのように扱われもしなかったのである。注目すべきことは、そのような天才たちには、たとえのちにそのように彩られるようになったとしても、ロマン派的天才がもったような青年期（youth）、したがって成熟（maturation）の問題がみられないということである。

このことは、青年期の出現が「子供と大人」を分割したということであり、逆にいえばその分割において青年期が不可避的に出現するということでもある。心理学者が「発達」や「成熟」を自明のものとみなすとき、彼らはこの「分割」が歴史的所産であることをみないのだ。子供としての子供はある時期まで存在しなかったし、子供のためにとくにつくられた遊びも文学もありはしなかった。そのことを早くから洞察していたのは、柳田国男である。

児童に遊戯を考案して与へるといふことは、昔の親たちはまるでしなかつたやうである。それが少しも彼らを寂しくくせず、元気に精一ぱい遊んで大きくなつてゐたことは、不審に思ふ人が無いともいはれぬが、前代のいはゆる児童文化には、今とよつぽど違つた点があつたのである。

第一には小学校などの年齢別制度と比べて、年上の子供が世話を焼く場合が多かつた。彼らはこれによつて自分たちの成長を意識し得たゆゑ、悦んでその任務に服したのみならず、一方小さい方でも早くその仲間に加はらうとして意気ごんでゐた。この心理はもう衰へかけてゐるが、これが古い日本の遊戯法を引継ぎやすく、また忘れ難くした一つの力であつて、御蔭でいろ〳〵の珍しいものゝ伝はつてゐることをわれ〳〵大供も感謝するのである。

第二には小児の自治、かれらが自分で思ひつき考へだした遊び方、物の名や歌ことばや慣行の中には、何ともいへないほど面白いものがいろ〳〵あつて、それを味はつてゐると浮世を忘れさせるが、それはもつと詳《くは》しく説くために後まはしにする。

第三には今日はあまり喜ばれぬ大人の真似、小児はその盛んな成長力から、ことのほか、これをすることに熱心であつた。昔の大人は自分も単純で隠しごとが少なく、じつと周囲に立つて視つめてゐると、自然に心持の小児にもわかるやうなことばかりをしてゐた。それに遠からず彼らにもやらせることだから、見せておかうといふ気も無かつたとはいへない。共同の仕事にはもとは青年の役が多く、以前の青年は殊に子供から近かつた。故に十二三歳にもなると、子供はもうそろ〳〵若者入りの支度をする。一方はまた出来るだけ早く、さういふ仕事は年下の者に渡さうとしたのである。今でも九州や東北の田舎で年に一度の綱曳《つなひき》といふ行事などは、ちやうどこの子供遊びとの境目に立つてゐる。もとは真面目な年占ひの一つで、その勝ち負けの結果を気にかけるくせに、夜が更けてくると親爺まで出て曳くが、宵のうちは子供に任せて置いて、よほどの軽はずみでないと青年も手を出さない。村の鎮守《ちんじゅ》の草相撲や盆《ぼん》の踊などもみなそれで、だから児童はこれを自分たちの遊びと思ひ、後にはそのために、いよ〳〵成人が後へ退いてしまふのである。（「こども風土記」）

ここには、「子供として扱われていない」子供の姿がある。すでにのべたように、これは村落共同体の子供だけでなく、知識階級の子供についてもあてはまる。職業や身分によってちがっていても、子供が「子供」として扱われていないことにちがいはない。柳田国男が右のような子供の姿をみとめるとき、同時に彼は大人をわれわれが考える大人とはちがったものとして見ていた。いいかえれば、「子供と大人」の分割以前の姿を見ようとしていたのである。

子供が「子供」として扱われるようになったのはきわめて近年のことであるにもかかわらず、それがわれわれにとってあまりに自明であるために、過去にもそれを適用しようとする慣性を断ち切ることは困難である。それは、あれほど西欧中心主義的な偏見から自由であろうとし、また子供＝未開人＝狂人というアナロジーの神話を否定したレヴィ＝ストロースでさえ、次のような〝偏見〟に侵されていることからも明らかだろう。

ナムビクワラ族の子供は遊びを知らない。ときおり、ワラを巻いたり編んだりして、何か作っていることがあるが、相撲やぐるぐる回しのほかには、何も気ばらしの仕方を知らない。そこで大人たちの生活を猿まねして、日を過ごしている。（「悲しき熱帯」）

山下恒男は、レヴィ＝ストロースは彼のもつ「遊び」概念をナムビクワラ族の子供らの行為にあてはめて、彼らが「遊びを知らない」といっているにすぎない、といっている（「反発達論」）。逆にいうと、ナムビクワラ族の大人たちは、われわれが考えるような「労働」をしているわけでもない。遊びと労働は厳密に分けられていないのである。それは一昔前までいた職人たちの仕事ぶりをみても明らかだし、のみならず、サンフランシスコの港湾労働者だったエリック・ホッファーは、熟練労働者は「遊ぶように」仕事をするということ、またオートメーションの導入が彼らの仕事を「労働」に変えてしまったことを体験的に語っている（「現代という時代の気質」）。

実は、「遊びと労働」の分割は、「子供と大人」の分割と深く関連している。今日たとえばホイジンガを引用して遊びについてどんなに語っても、われわれはもう労働から分割されたものとしての「遊び」しか表象できない。それはわれわれが「子供」としての子供しか考えることができないのと同じである。いいかえれば、「児童の発見」という事態は、それだけ切りはなしてではなく、伝統的社会の資本主義的な再編成の一環として見られねばならない。しかし、それは「資本主義」によってすべてを説明することを意味するのではない。「児童の発見」という事態は、その固有のレベルにおいて考察されるべきである。

3

柳田国男がいうように、昔話は子供のために語られたものではなく、一般に子供のための遊びが存在しなかった。しかし、そのような認識だけでなく、彼は実際にも「児童文学」を毛嫌いしていたようにみえる。それは彼がまさに「文学」を嫌っていたからだ。彼が正確に理解していたのは、子供のために書かれる文学は、「文学」以前にはありえないということであった。子供についてあれほど言及した柳田が「子供」に眼もくれなかったのは、ちょうど常民についてあれほど語りながら、知識人の自意識がみいだすあの「大衆」という観念と無縁だったことと対応している。しかし、彼ははじめからそうだったわけではない。そこには一つの決定的な転回があった。たとえば柳田は国木田独歩・田山花袋らとともに新体詩集『抒情詩』を出している。

かのたそがれの国にこそ
こひしき皆はゐますなれ
うしと此世を見るならば
我をいざなへゆふづゝ

やつれはてたる孤児を
あはれむ母が言の葉を
しづけき空より通ひ来て
われにつたへよ夕かぜ

（「文学界」明治三十年二月）

たとえば、この詩は、実際に、少年期から縁の薄かった両親をあいついで亡くして、「何をする気もなくなり林学でもやって山に入らうかなどとロマンチックなことを胸に描くやうになつた」（「故郷七十年」）経験にもとづいているかのようにみえる。また、「かのたそがれの国」は、晩年の柳田が珍らしく実証的な手つづきをとびこえて主張した『海上の道』につながるような、彼の内的な希求のありかを示しているかのようにみえる。

しかし、柳田国男はつぎのように回想している。

私は文学界に新体詩を出したことがある。藤村の勧めがあつたのかも知れない。しかし、連中の詩は西洋の系統から来て居るので、胸の中の燃えるやうなものをそのまま出すのが詩といふものだと考へてゐた。私の方は初めに和歌の題詠で稽古してゐるのだから、全く調子が違ふ。それが日本の短歌の特長でこれこれの詠題《えいだい》で、例へば深窓《しんそう》の令嬢にでも、「恨む恋」などといふ題を与へて歌をよませたものだ。出されたお嬢さんの方は困るが、それでも「和歌八重垣」とか「言葉の八千草」とか色々の本ができてゐるので、その中から適当な部分を探し出して、歌を組立てるわけである。通例、使はれる言葉が三十か五十か並んでるから、それを組合せて歌をデッチ上げるわけであつた。これが昔の題詠といふもので、それを盛んにやつて達者になつておき、他人から歌を云ひかけられたときなど、直ぐに返歌が出来るやうになつてゐなければならないといふ所に重きがおいてあつたわけである。

いはばお座成《ざな》り文学といふ気持があつた。私ら後には、題詠でうんと練習しておかなければ、いざ詠《よ》みたいといふ時にも出ないから、そのために題詠をやるんだナンテ云つたりしたが、まあ、藤村あたりの叙情詩とは大分距たりがあつたのは事実である。(「故郷七十年拾遺」)

このような回想は、柳田の仕事を彼の「抒情詩」の延長においてみることを峻拒している。しかし、そこに両義性が存したことはたしかであって、すくなくとも柳田は独歩・藤村らロマン派と共通の地平においてあらわれたのである。むろんそこに多少の異和感があったとしても、それは、その後の花袋や藤村との対立のなかで確認され、むしろ誇張されて右のような回想になっていったというべきである。

日本の文学史家は、花袋や藤村がロマン派から自然主義派へと移行していったというようなことを平然といったりするが、それはロマン主義というものを浅薄にしか理解しないことである。藤村や花袋が抒情詩から散文（小説）へ移行したことは、彼らにとって「成熟」を意味した。が、そのような「成熟」こそ、ロマン主義が強いる不可避的なコースなのであり、ロマン主義の一環なのである。自然主義は反「自己意識」的であるが、ジオフリー・ハートマンがいうように、「ロマン主義と反自己意識」は不可分離であるだけでなく、われわれは成熟という「問題」に現在も閉じこめられている。小林秀雄にせよ、『最後の親鸞』の吉本隆明にせよ、つぎのようなロマン主義の圏内にある。《知を通しての無知《ナイヴィテ》——第二の無知への回帰という考えは、ドイツ・ロマン派のあいだではありふれている》（ハートマン「フォルマリズムをこえて」）。

「成熟」という問題はまた、中村光夫の『作家の青春』や江藤淳の『成熟と喪失』以来べつの角度から論じられている。それは前者のような逆説性をもたないために、最も普及している。今日では、エリック・エリクソンのアイデンティティやモラトリアムという概念が応用されているが、それはもはや〝批評〟の名に値しない。なぜなら、それは「成熟」という問題そのものの歴史性をみることなしに、あたかもそれが人間にとって固有の問題であるかのように考えているからだ。

人間社会に一般的にみられる「通過儀礼」（成人式・元服式）は、「成熟」とはまったく異質である。たとえば、われわれは新井白石の自伝『折たく柴の記』に、青春期という問題をみることはできないし、みるべきでもない。通過儀礼において、子供が大人になるのは、いわば仮面をぬぎかえることであって、文化によって異なるが、髪型、服装、名前などを変え、刺青、化粧、割礼《かつれい》などをほどこすのである。しかし、そのような仮面の底に、充実した「自己」がひそんでいるわけではない。

通過儀礼において、子供と大人はまったく区別されている。しかし、それは子供と大人の「分割」とは異質である。べつの観点からみれば、この「分割」は、逆に子供から大人への連続性をもたらすのである。そこには通過儀礼におけるような〝変身〟のかわりに、徐々に発展し成熟して行く「自己」がある。したがって、逆説的だが、子供と大人の「分割」こそが子供と大人の絶対的区別をとりはらうのである。

ところで柳田がいう「題詠」は「代詠」ともいいかえられるが、実はそれを理解しないかぎり、「文学」以前の文学をけっして理解できないのである。充実した「自己」がないところでは、「題詠」や「代詠」が自明であり、そもそも「自己表現」などありえないのだ。西欧文学においても、シェークスピアの「自己表現」という考えが出てきたのはドイツ・ロマン派を通してであって、元来そこにはオリジナリティという観念が存在しない。引用、模倣、本歌取《ほんかど》り、合作が自在になされている。

とはいえ、ヘーゲルが西ヨーロッパの芸術一般を「ロマン的形式」と名づけた意味において、それがすでにロマン主義的だといえなくはない。ニーチェは、古代ギリシャ人やローマ人がシェークスピアを読んだら、「狂人」のたわ言としか読めないだろうという意味のことをいっている。つまり、ロマン主義的なものの源泉はキリスト教にある。「幼な子の如くあれ」という認識は、過剰な自己意識が生んだ転倒であるが、それがロマン主義において一般化したのだということもできる。逆に、「成熟」という問題を突きつめていくと、必ず宗教的な問題に到達せざるをえないのである。ニーチェやハイデッガーがはるかギリシャ芸術に向かうのは、この「ロマン的形式」の自明性をまぬかれるためには、中世に遡行するだけでは不可能だからだが、明治三十年代の柳田国男にとって、それはただ身辺をふりかえればすむことだった。とはいっても、それがたやすいことだったわけではない。ニーチェが根本的にロマン派だったように、柳田も終生そうだったといえる。しかし、花袋や藤村が自然主義文学へとごく自然に「成熟」していったのに対して、柳田はいわば意識的に「文学」そのものを相対化しようとしたのである。

それとはべつであるが、「子供」が西ヨーロッパにおいて見出されたことは、その固有性を示している。《ギリシャ人、とくにスパルタ人においては、幼児殺しは人種優生学の思想に彩《いろど》られていた。虚弱な、あるいは不恰好な新生児は遺棄された。……そういうわけで西欧世界で幼児殺しの禁止が見られるためにはキリスト教徒の皇帝のときまで俟《ま》たねばならない》（G・ブートゥール「幼児殺しの世界」宇佐見英治訳）。むろん日本においては、柳田国男が「小児生存権の歴史」などで述べているように、子殺しは日常茶飯事であった。したがって、子供を大切にするという思想は、一つの特異な宗教的観念としてあらわれたのであって、自明の理ではない。「幼児殺しの世界」を非道徳的《インモラル》とよぶことは、「道徳」それ自体の転倒性をみないことである。

くりかえしていえば、昔話は子供のために語られたのではない。《狐や狸の化けた騙《だま》したといふ話の如きは、如何に無頓着な昔の親たちでも、之を最初から子供にして聴かせる話として発明して置かう筈が無い。殊に自分等が早くからさう思つて居たのは、五大昔《むかし》噺《ばなし》の一つとして有名なカチカチ山、婆を汁の実にして爺に食はせるだの、流しの下の骨を見ろだのといふが如き話が、小児の趣味に似つかはしからうなどゝは、誰だつて想像し得ないことである》（柳田国男「昔話覚書」）。「童話」として書きなおされたとしても、なおそのような残酷さ・不条理は残っている。そして、それはどんな「文学」――幻想文学であれリアリズム文学であれ――にもないような〝現実〟の感触をとどめている。おそらくリアリズムの極点にいたカフカのような作家だけが「童話」を再現しえたといってもよい。

私の考えでは、坂口安吾もまたそのような童話を書いた作家であって、彼は三つの残酷な童話(昔話)を例にあげて、つぎのようにいっている。

モラルがないということ自体がモラルであると同じように、救いがないということ自体が救いであります。私は文学のふるさと、或は人間のふるさとを、ここに見ます。文学はここから始まる——私は、そう思います。

アモラルな、この突き放した物語だけが文学だというのではありません。否、私はむしろ、このような物語を、それほど高く評価しません。なぜなら、ふるさとは我々のゆりかごではあるけれども、大人の仕事は、決してふるさとへ帰ることではないから。……

だが、このふるさとの意識・自覚のないところに文学があろうとは思われない。文学のモラルも、その社会性も、このふるさとの上に生育したものでなければ、私は決して信用しない。そして、文学の批評も。私はそのように信じています。(「文学のふるさと」)

安吾がここでいう物語は、「物語」そのものを突き破るものとしてある。ヴラジーミル・プロップの『民話の形態学』以来、神話や昔話が諸要素の構造的組み替えにほかならないことが明らかにされている。口承としての昔話は、まさにそのために、構造論的規則に厳密に従うのである。しかし、安吾が「ふるさと」とよんだものは、そのように規則化されねば人間存在を自壊させてしまうような、ある過剰性・混沌だといってよい。そして、それは、「文学」という新たな物語を「突き放す」ものとしてありつづけている。

4

子供と大人の分割は、たんにそれだけをとりだすことができないような構造的に連関する事態であるが、ここではそれを児童心理学あるいは心理学一般において考えてみよう。たとえば、ルソーが最初に子供を発見したといわれるのは、けっして彼がロマン派的な「童心」を夢みたからではなく、いわば子供の科学的観察を試みたからである。しかし、彼のいう子供＝自然人は歴史的・経験的なものではない。ルソーは、現在の累積された幻想としての「意識」を批判するために、あるいは歴史的な形成物としての制度の自明性を批判するために、方法的に「自然人」を仮設する。それは、「人間社会の現実の基礎にかんする知識をわれわれの眼から隠している無数の困難をとりのぞくための、われわれに残された唯一の手段」（ルソー）である。すなわち、子供とは実体的ではなく、方法的な概念である。

しかし、逆にいえば、そのような方法的眼差《まなざし》のもとで、はじめて子供は観察可能なものとなる。というより、観察対象としての子供は、伝統的な生活世界（Lebenswelt）から隔離され抽象された存在なのである。ピアジェにいたるまでの児童心理学は、そのような子供を相手にしてきたのである。

むろんピアジェは、ロック以来のタブラ・ラサ（白紙状態）の仮説、すなわち人間は経験や環境によって形成されるという経験論的仮説を破っている。彼は起源にすでに「構造」を見出し、それを進化によって与えられた先天的な構造だという。チョムスキーの『デカルト派言語学』も同じ結論に達し、また動物学者ローレンツはそれとはちがった角度から経験論的な文化論を批判している。だが、彼らの「子供」に関する考察は実はまったく抽象的なのである。

それに対して、神経症の考察から出発したフロイトは、幼年期への固着や退行を見出し、また「小さな大人」としての幼年期を見出している。たしかにこれはとりわけ十九世紀に支配的だった「子供らしさ」という神話を破壊するものであった。が、それを普遍的なものだということはできない。というのは、神経症そのものが子供と大人の「分割」の結果にほかならないからだ。ミシェル・フーコーはつぎのようにいっている。

　幼年時代への退行が、神経症にあらわれるとしても、それは一つの結果にすぎない。幼児的行為が患者にとって、逃避の場となり、こうした行為の再現が、還元不能な病的事象とみなされるには、次のような条件が揃わなくてはならない。まず、個人と過去と現在との間に、社会が或る距離を設け、だれもこれをとび越えることはできないし、またとび越えてはならない、とする必要がある。また文化が過去を統合するさいに、過去をむりやりに消滅させるという方法だけにたよる、という必要がある。ところでわれわれの文化は、たしかにこうした特徴をおびている。一八世紀において、ルソーやペスタロッチを通して意図されたのは、子どもの発達に沿う教育学的原則にしたがい、子どもの尺度《しゃくど》に応じた世界をつくり出そう、ということであった。これによって子供たちのまわりに、おとなの世界とは全然関係のない、非現実的な、抽象的な、原始的な環境をつくることが許された。現代の教育学は、おとなの葛藤から子供をまもろうという、非難の余地なきねらいをもって、発展してきている。これは人間の子ども時代の生活と、おとなな時代の生活とのあいだの距離を大きくするばかりである。幼年時代と現実の生活との間の矛盾こそ、もっとも重要な葛藤となるはずだが、以上のやりかたでは、子どもにいろいろな葛藤を避けさせてやるために、かえって彼をこの大きな葛藤に出会う危険にさらしてしまうことになる。さらにつけ加えるならば、文化に内在するいろいろな葛藤や矛盾は、現実の姿のままで教育制度の中に投影されず、さまざまの神話を通して間接に反映されるものである。こうした神話は、その文化を免罪し、正当化し、幻想的な統一の中で、これを理想化するものである。さらに付け加えるならば、或る社会は、教育学の中で自己の黄金時代を夢想するものである（プラトン、ルソーの教育学、デュルケムの共和制、ヴァイマール共和国の教育学的自然主義を考えてみるがよい）。以上を考えてみると、病的な固着とか退行とかは、或る種の文化の中でしか、起こりえないことがわかる。また、過去を清算し、過去を現在の経験内容に同化することを、社会形態が許さない場合には、その度合に応じて、固着や退行が多く生じる、ということがわかる。退行による神経症は、幼年時代が神経症的な性質のものであったことを示しているのではなく、幼年時代に関するもろもろの制度が、ひとを未開化する性質のものであることを告発しているのである。こうした神経症という病の背景となっているのは、一つの社会に内在する葛藤であって、それは幼児教育のかたちと、おとなたちに与えられる生活条件との間の矛盾である。社会は幼児教育の中に自己の夢をひそかにかくしておくが、おとなの生活の中には、社会の現実とそのみじめさが読みとられるのである。（神谷美恵子訳「精神疾患と心理学」）

神経症が隔離され保護された「幼年期」の産物であって、そのような文化にしか発生しないという指摘は重要である。いいかえれば、青春期が子供と大人を「分割」しない社会では、そのような病は「病」として存在しない。フーコーは、十七世紀後半から狂人が「狂人」として隔離されるようになって以後、心理学（精神病理学）が存在するようになったのだから、心理学が「狂気」を解明する鍵をもっているのではなく、そのような在り方としての狂人こそ心理学の秘密をにぎっているのだともいっている。同じいい方をすれば、児童心理学や児童文学が「真の子ども」を明らかにするのではなく、分離されたものとしての「子ども」こそ前者の秘密をにぎっているのである。

現代の作家たちは、あたかもそこに真の起源があるかのように、幼年期にさかのぼる。それは「自己」にかんする物語をつくるだけなのだ。それは時には精神分析的な物語であったりする。しかし、幼年期に「真実」が隠されているわけではないのだ。われわれに隠されているのは、精神分析をも生みだしているところの制度なのである。

こうして「成熟」という問題がわれわれをとらえている。だが、この問題をまともに相手にすべきではない。むしろ、われわれは隔離された幼年期をもったがゆえに成熟不可能なのではなく、成熟をめざすがゆえに未成熟なのだ。

ところで、ルソーは必ずしもフーコーがいう意味での教育学者ではなかった。『エミール』は彼にとって「哲学的著作」にほかならず、彼の課題は、累積されてきた転倒を遡行することにあった。むしろ問題は、それを教育学として読んだ側にある。同様のことがフロイトについていえる。彼の考えでは、幼年期に何らかの外傷体験があれば、神経症が生じるというのではない。その逆であって、神経症が生じている場合には、必ず幼年期に問題がある、というのだ。いいかえれば、彼は構造論的因果性として遡行的に「幼年期」を見出しているにすぎない。しかるに、彼の理論は教育論や育児論に転化する――アメリカの精神分析はそうであるが――やいなや、逆に幼年期からいっそう葛藤や矛盾をとりのぞき子供を保護しようとするものとなる。それは結果的に神経症の可能性を高める。それはまさに精神分析によって作り出された病であって、これはフロイトの思いもよらぬところであった。とりわけアメリカにおいては、伝統的な規範がないためと、「成熟せねばならぬ」という規範があるために、精神分析がそれ自身広汎《こうはん》に病を生み出している。

しかし、科学としての心理学・児童心理学がそのようなものに転化してしまうのは、たんなる誤解によるのではない。それは近代科学そのものの本質である。フッサールが『ヨーロッパ諸科学の危機と超越論的現象学』のなかで明らかにしたように、ガリレオにはじまる「純粋科学」は本来的に無目的的であるがゆえに、いかなる目的とも結びつけられる。近代科学とは基本的に応用科学である。たとえば、純粋に理論的な研究としてあった分子生物学は、遺伝子工学にいつでも転化できる。行動主義的であろうと、構造主義的であろうと、心理学者が対象とする子供は、いわば生活世界（フッサール）から引きぬかれた存在であって、そのようにして得られた「知」は、どんな「目的」にも応用できるのだ。フッサールが意識した「危機」は、科学がその歴史性を忘却しているというところにあった。「児童」にかんする知を云々する前に、「児童」そのものの歴史性をみるべきなのである。

5

ここまで、私は「児童」というものの「起源」について、つまり「児童」という一つの視えない制度について語ってきた。最後に、私は顕在的な制度についてのべておく必要がある。しかし、私がそこにみようとするのは、制度が目的とするもの、意図するもの、すなわち制度の内容ではなく、制度それ自体が「意味するもの《シニフィアン》」としてあるということである。

近代日本の教育にかんして、その内容がいかに問題にされても、すこしも疑われていないのは、義務教育制度そのものである。何がそこでどのように教えられるかではなく、この学制それ自体が問題なのだが、教育論はすべてこのことの自明性の上に立っている。かりにそれ以前の教育が歴史的に考察されるとしても、寺小屋や私塾のようなものを恣意《しい》的にとり出すだけである。あたかもそれらが拡大し一般化したのが「学制」であるかのように。

このような教育概念の自明性を疑ったのは、やはり柳田国男だった。たとえば、彼が「国語教育」という場合、この教育は国語教師や文士のいうようなものとは異質である。さきに引用した文章にも、こう書かれている。《第一には小学校などの年齢別制度と比べて、年上の子供が世話を焼く場合が多かつた。彼らはこれによつて自分たちの成長を意識し得たゆゑ、悦んでその任務に服したのみならず、一方小さい方でも早くその仲間に加はらうとして意気ごんでゐた》。柳田にとって、これもまた教育の重要な一環にほかならなかったのである。そこから見ると、逆に明瞭になるのは、近代日本の「義務教育」が、子供を「年齢別」にまとめてしまうことによって、従来の生産関係・諸階級・共同体に具体的に属していた子供を抽象的・均質的なものとして引きぬくことを意味したということである。

明治三年に、小学校規則と徴兵規則が定められ、同五年には「学制頒布《はんぷ》」と「徴兵の詔書発布」がなされる。明治の革命政権がまっさきに実行した政策がこの二つだったということは興味深い。徴兵制と学制は、おそらく当時の庶民にとって理解しがたいものだったはずである。徴兵制に対しては、〝血税〟という表現の誤解から暴動がおこった例もあるが、たとえ〝血〟をしぼられないとしても、徴兵制は従来の社会的生活から青年層を奪いとるものだったからである。学制にかんしても、人々の消極的な抵抗があった（注）。農民・職人・商人たちにとって、子供を小学校に取られることは、従来の生産様式を破壊されるにひとしかったからである。

徴兵制についてはしばしば否定的に言及されることはあっても、学制それ自体が問題にされないのは奇妙というほかはない。それらが並んで出てきたことの意味が考えられたことがないのだ。それらが「富国強兵」の基礎として実施されたことはいうまでもないが、そこにはもっとべつの意味がある。たとえば、軍隊は西洋列強に対する防衛と対抗の「目的」で形成された。しかし、軍隊の内実は、それまで諸階級・諸生産様式に所属していた人間に、集団的規律と機能的在り方を〝教育〟するものである。軍隊そのものが「教育」機関なのである。

今日でも、エリック・ホッファーはこういっている。《アメリカ黒人の劣等から平等への移行が、他のどこよりも軍隊においてなされているということは意味深い。現在のところ、軍隊は、黒人がまず人間であって、黒人であるのはほんの二次的なことだといえる唯一の場所である。同様に、イスラエルでも、軍隊が多国語を話す移住者を自尊心あるイスラエル人に変える唯一無比の機関となってきている》(「現代という時代の気質」一九六六年)。もちろん、それは軍隊の明示的な目的ではないが、日本において、その内容が反動的なものだったとしても、軍隊は、従来の生産様式と身分から独立した「人間」を形成したのである。一言でいえば、徴兵制と学制が、「人間」を作り出したのだ。これらの制度は、そこでいかなるイデオロギーが注入されようとも、民主主義的イデオローグの言説よりはるかに強く機能したといってよい。

明治の学校教育が天皇制イデオロギーにもとづくこと、したがって、それを民主主義的あるいは社会主義的に変えることが「教育」の進歩だと考える者は、「教育」というものそれ自体の歴史性をみないのである。

たとえば、レーニンは次のようにいっている。

われわれがすでにその深遠な思想を知っている新『イスクラ』の同じあの「実践家」は、私が党を中央委員会という支配人を頭にもった「巨大工場」と考えていると非難するのである。この「実践家」は、自分がもちだしたこの恐しい言葉が、プロレタリア組織の理論も実践も知らないブルジョア・インテリゲンツィアの心理を、一挙にさらけだしていることに、気づきもしないのである。人によってはお化けにしかみえないこの工場こそ、プロレタリアートを結合し、訓練し、彼らに組織を教え、彼らをその他すべての勤労・被搾取《ひさくしゅ》人階層の先頭にたたせたところの、資本主義的協業の最高形態にほかならない。資本主義によって訓練されたプロレタリアートのイデオロギーであるマルクス主義こそ、不安定なインテリゲンツィアに、工場のもつ搾取者的側面（餓死の恐れにもとづく規律）と同じく組織者としての側面（高度に発達した技術からくる共同労働にもとづく規律）との相違を教えてきたし、今も教えている。ブルジョア・インテリゲンツィアがなかなか獲得できないこの規律と組織を、プロレタリアートは、まさしくこの工場という「学校」のおかげで、きわめて容易に自分のものにしてしまう。（「一歩前進、二歩後退」）

工場は「学校」であり、また軍隊も「学校」であり、逆にいえば、近代的な学校制度そのものがそのような「工場」である。工場あるいはマルクスのいう産業プロレタリアートがほとんどない国で、革命権力がまっさきにやるのは、実際の工場を作ること——それは不可能である——ではなく、結局「学制」と「徴兵制」であって、それによって国家全体を工場＝軍隊＝学校として組織しなおすのである。その際のイデオロギーが何であってもよい。近代国家は、それ自体「人間」をつくりだす一つの教育装置なのである。

日本の児童雑誌は、明治二十年代に、そのような学校教育の補助として、あるいは「学童」のために出現している。その内容を批判するまえに、学制がすでに新たな「人間」あるいは「児童」をつくり出していたことに注意すべきである。むろん学校においても児童雑誌においても、その教育思想は儒教的であった。しかし、本来中国において士大夫《したいふ》のイデオロギーである儒教は、江戸時代に武士階級のイデオロギーとして導入されたのであって、農民・町民（上層部をのぞく）にとっては無縁であった。だから、明治の学校において普及された儒教的イデオロギーは、すでに抽象的なものである。「忠孝」といっても、学校という葛藤のない抽象的世界で教えこまれるものにすぎず、世間に出ればたちまち矛盾にさらされる。この矛盾意識が青春期にほかならない。江戸時代の武士の子供が教えこまれる「忠孝」はもっと具象的なものであった。

明治期における教育思想が批判されるとき、いつも学制そのものの意味作用がみおとされている。したがって、「教育」そのものが疑われずに残る。良心的でヒューマニスティックな教育者・児童文学者らは、明治以来の教育内容を批判し、「真の子ども」、「真の人間」をめざしているのだが、それらは、近代国家の制度の産物にすぎないのである。ユートピアを構想する者は（そのユートピアでの）独裁者だと、ハンナ・アーレントがいっているが、「真の人間」、「真の子ども」を構想する教育者・児童文学者はそのような〝独裁者〟でしかありはしない。しかも、いつもそのことをまったく意識しないのである。

明治三十年代に、それまで個々の例外的な突出としてあった「近代文学」が一般化するにいたったのは、「学制」が整備され定着してきたことと関連している。そして、その上で、小川未明らによる「児童の発見」が可能だったのである。

江戸以来の徒弟制を引きずっていた硯友社系の作家らは、そのような「児童」を見出すことができなかった。しかし、われわれはその周辺に、子供のために書かれたものではないが子供のことを書いたすぐれた作品を見出すことができる。樋口一葉の作品である。彼女が書いたのは、いわゆるアドレッセンスではなく、子供がそのまま小さな大人であるような世界に浸透してくる一つの亀裂、つまりまもなく過渡期として顕在化してしまうアドレッセンスの徴候だったといえる。樋口一葉こそ、子供時代について書き、しかも「幼年期」や「童心」という転倒をまぬかれた唯一の作家であった。

（注）

これについて、児童文学者田宮裕三から、明治に創られた学制にかんして「人々の消極的な抵抗があった」だけでなく、積極的な抵抗があったことを指摘された。たとえば、学制施行の翌年、敦賀におこった真宗徒の暴動をはじめとして、岡山県、鳥取県、香川県、福岡県などで、学校・徴兵令に反対する暴動があり、数多くの学校が焼きはらわれたりした。《明治初期の小学校というのは、役場や駐在所とならんで地域に進出した、徴兵制から文明開化にいたる新時代の政策の砦でもあった。近代日本の村方三役が、村長・署長・校長であったのはゆえのないことではない。》（田宮裕三『山中恒の世代――少国民世代の精神形成』「しいほるん9」所収）

Ⅵ　構成力について——二つの論争

その一　没理想論争

1

いわゆる近代以前の文学を読むとき、われわれはそこに「深さ」が欠けているように感じる。しかし、たとえば、江戸時代の人々が深さを感じていなかったわけではないだろう。事実として、彼らはさまざまな恐怖、病い、飢えに日常的にさらされ、そのことを感受しながら生きていたはずである。にもかかわらず、彼らの文学に「深さ」がないとは、どういうことなのか？　われわれはそれを彼らの「現実」や「内面」に帰すべきではないし、またそこに「深さ」をむりに読みこむべきでもない。逆に、「深さ」とは何であり、何によってもたらされたのかと問うべきである。

この問題は、文学のかわりに絵画を例にとると、わかりやすい。近代以前の日本の絵画には何かしら「奥行」が欠けている、いいかえれば、遠近法が欠けているようにみえる。

だが、われわれがすでに慣れてしまったために〝自然〟のようにみえるこの遠近法は、もともと自然なものではない。西欧においても、近代の遠近法が確立されるまでの絵画には、「奥行」がない。この奥行は、数世紀にわたって、消失点作図法という、芸術的というよりは数学的な努力の過程で確立されたのであって、それは現実に、つまり知覚にとって存在するのではなく、もっぱら〝作図上〟存在するのである。この作図法は、「幅・奥行・高さのすべての値をまったく一定した割合に変え、そうすることによってそれぞれの対象に、その固有の大きさと眼に対するその位置とに応じた見かけの大きさを一義的に確定する」(パノフスキー「象徴形式としての遠近法」木田元訳)。この遠近法的空間に慣れると、われわれはそれが〝作図上〟存在することを忘れ、まるでそれまでの絵画が〝客観的〟な現実をみていないかのように考えがちである。たとえば、江戸時代の画が「写実」的であったとしても、それはわれわれが考えるような「写実」ではない。なぜなら、彼らはそのような「現実」をもっていないからであり、逆にいえば、われわれのいう「現実」は、一つの遠近法的配置において存在するだけなのである。

同じことが文学についていえる。われわれが「深さ」を感じるのは、現実・知覚・意識によってではなく、近代の文学における一種の遠近法的な配置によるのである。われわれは、近代文学の配置が変容されていることに気づかないために、それを「生」や「内面」の深化の帰結として見ることになってしまうのだ。近代以前の文学が「深さ」を欠くということは、彼らが深さを知らないということではなく、「深さ」を感じさせてしまう配置をもっていないということでしかない。

　また、われわれは近代以前の文学に対して、そこに何気なく入りこめないように感じる。それは必ずしも描かれた背景が疎遠だからではないし、また人物が等身大に描かれていないからではない。たとえば、近松の「世話物」においては――これは世界的に異例であるが――、並の背丈をもった人物が「悲劇」の主人公である。にもかかわらず、われわれは、そこから一つの膜でへだてられているように感じる。そこには、「まるで自分のことが書かれている」という、あの感じがない。これはどういうわけだろうか。

　この点においても、絵画が参考になる。たとえば、遠近法ができている絵画は、画面がそのまま見ているわれわれの方向に、連続的にひろがっている。そのような絵に対しては、題材が何であれ、われわれはそこに入って行けるように感じる。遠近法が不安定であるときには、その感じは損われる。文学においても、感情移入、あるいは「自分のことが書かれている」というあの感じは、われわれの「意識」に求められてはならない。また、それが人間に固有の本性だと考えられてはならない。なぜなら、それは一つの特定の遠近法的配置によってこそ可能なものだからである。しばしば〝想像力〟豊かな研究者は、われわれをへだてている膜を突きぬけて、近代以前の文学に〝深く入って〟行くのだが、さしあたって重要なのは、むしろわれわれの感じる異和感にとどまることである。

そのことによって明らかになるのは、第一に、近代以前の文学に「深さ」がないように感じられるのは、たんにそれを感じさせる配置をもっていないということであり、第二に、しかし、そのような遠近法的配置は、なんら文学的価値を決定しないということである。まるで「内面的深化」とその表現が文学的価値を決するかのような考えが、「文学史」を支配している。しかし、文学は、そのようなものである「必然」をすこしももっていない。

すでにいったように、西欧の絵画における遠近法の確立には「作図」に関する数世紀の努力が必要であった。しかし、この作図法は「まったく数学的な問題であって芸術的な問題ではない」し、「それは芸術的価値にはなんらかかわりがない」と、パノフスキーはいっている。近代の遠近法が「数学的問題」としてあったということは、それが美術の上でなされたとはいえ、本来美術とは無関係な形式の問題が美術と結合されてしまったということ、のみならずそれが「芸術的価値」の問題であるかのようにとりちがえられてしまったということを意味している。

文学に関しても同じことがいえる。文学は、現在われわれが自明とし価値評価の軸にしているような「文学」である必然をすこしももっていないのだ。しかし、そういったところで、われわれの自明性がくつがえされるわけではない。パノフスキーもいっている。《しかし、遠近法は芸術的価値の契機ではないとしても、それはやはり様式の契機ではあるのだし、さらにそれ以上のものでさえある》。したがって、われわれはこの遠近法をあらためて検討してみなければならない。

2

われわれにとって自明である遠近法は、どのように出現したのだろうか。まず取りのぞくべき誤解・偏見は、ギリシャや日本・東洋などにおいて、遠近法が欠けているという見方である。それは、西欧近代にあらわれた遠近法自体が与えた偏見にすぎない。古典古代にも、近代以前の日本・東洋の絵画にも遠近法はあった。したがって、問うべきことは、遠近法一般ではなく、ある特定の遠近法がいかにして出現したのかということである。

パノフスキーは、近代遠近法が、古典古代の遠近法の延長または再生《ルネッサンス》としてではなく、それに対する完全な拒否、すなわち中世美術からしか出てこないことを指摘している。古典古代の遠近法には、あの「等質的空間」が存在しない。《古典古代の芸術は、純粋な立体芸術であった。これは、たんに見えるというだけではなく、手でつかむこともできるようなものだけを芸術的現実と認めるのであり、また素材の上でも三次元を占め、機能や均衡の上でも固体として規定されており、したがってつねになんらかの仕方で擬人化されている個別的要素を、しかも絵画的に空間的統一体に結びつけるのではなく、建築的ないし彫塑《ちょうそ》的に群構造に組み上げるものであった》（木田元訳「象徴形式としての遠近法」）。

古典古代の美術において、個体が「空間」とはべつにあった、つまり諸個物が不等質な空間に属していたとすれば、中世美術はそれら個物の実在性をいったん解体し、平面の「空間的統一体」のなかに統合する。ここで、世界は「等質的な連続体」に改造される。それは「測定不可能」で「無次元的な流動体」であるが、測定可能な近代の体系空間（ガリレオ・デカルト）は、そこからのみ出現しうるのである。《芸術がこのように単に無限で「等質的」だというだけでなく、また「等方向的」でもある体系空間を獲得するということが、（後期ヘレニズム・ローマ期の絵画がどれほど見せかけの近代性をもっていたにしても、やはり）どれほどまで中世の展開を前提として必要としているかも、明らかに見てとれよう。というのも、中世の「大規模様式」によってはじめて、表現基体の等質性もつくり出されたのであって、この等質性がなければ空間の無限性のみならず、その方法に関する無差別性も思い描かれえなかっただろうからである》（パノフスキー）。

逆説的なことは、近代遠近法における「奥行」が、いったん古典古代的な遠近法が否定されることによってしか出てこなかったということである。古典古代において、プラトンは、遠近法は事物の「真の大きさ」をゆがめ、現実やノモスのかわりに主観的な仮象や恣意をもちだすという理由で、それを否定していた。遠近法をしりぞける中世の空間は、いうならば、「知覚空間」をしりぞけるネオ・プラトニズム＝キリスト教的な形而上学のなかで形成されるのである。そうだとすれば、奥行、測定可能な等質空間、あるいは主観——客観という認識論的な遠近法《パースペクティヴ》は、キリスト教・プラトニズム的な形而上学に対立するのではなく、まさにそれに依拠しているのである。

現代絵画における遠近法への反撥——後期印象派は結局まだそこに属している——は、遠近法的における「等質的空間」が、作図によって与えられたものであり、「知覚」によって与えられるものとは乖離《かいり》しているという意識にはじまっている。この場合、知覚は、たとえば「手でつかむ」運動をもふくむのであって、たんに視覚に限定されてはならないし、また諸感覚としてばらばらに切りはなされてはならない。知覚は、したがって、身体は錯綜した構造体としてである。絵画におけるキュービズムや表現主義の反遠近法は、哲学における知覚・身体に対する現象学的な注視と対応しているのである。

パノフスキーはいっている。

正確な遠近法的作図は、精神生理学的空間のこうした構造を原理的に捨象している（中略）この遠近法は、われわれが固定した一つの眼で見るのではなく、つねに動いている二つの眼で見ており、そのため「視野《しや》」が球面状になるという事実を見落している。この遠近法は、可視的世界がわれわれに意識される際の心理学的に条件づけられた

「視像」と、われわれの物理的な眼球に描かれる機械的に条件づけられた「網膜像」との重大な区別を考慮にいれていない。

近代遠近法の空間はデカルト的空間である。デカルトのコギトは、それによってはじめて出てくるのだ。したがって、遠近法への批判が、そのような空間と知覚空間とのずれへの注視から生じていることは、フッサールにはじまる現象学が近代認識論の主観――客観という遠近法を批判したこと、また、ハイデッガーのように現存在分析・存在論へ、あるいはメルロー゠ポンティのように知覚論・身体論へいたろうとしたことに対応している。とりわけハイデッガーにおいては、それが思想史的な展望《パースペクティヴ》に転化されている。しかし、ある意味では、ハイデッガーがプラトン以後の「存在喪失」と「世界像の時代」とよんでいるものは、「知覚空間」が隠蔽されているということにほかならず、実際また、彼は直接に古代に向かうのではなく、いわば「知覚空間」をとらえる現存在分析を手がかりとするほかないのである。

同じようなことが日本についてもいえる。のちにのべるように、日本における「私小説的なもの」は、現象学的方法と近似しており、またそれは近代遠近法のそれとはちがった「知覚空間」をとらえているからである。だが、基本的に、それらを同一視することはできない。いいかえれば、「古典古代の遠近法」は、どんなに近代遠近法と異なるとしても、やはり日本や東洋のそれとは異質であり、独得なものなのである。「『西洋』の僕に呼びかけるのはいつも造形美術の中《うち》からである」という芥川龍之介は、おそらくそれを正確に感受していたといってよい。

……大いなる印度は僕等の東洋を西洋と握手させるかも知れない。しかしそれは未来のことである。西洋は——最も西洋的なギリシアは現在では東洋と握手してゐない。ハイネは「流謫《るたく》の神々」の中に十字架に逐《お》はれたギリシアの神々の西洋の片田舎に住んでゐることを書いた。けれどもそれは片田舎にもしろ、兎《と》に角西洋だつたからである。彼等は僕等の東洋には一刻も住んではゐられなかつたであらう。西洋はたとひヘブライ主義の洗礼を受けた後にもしろ、何か僕等の東洋と異つた血脈を持つてゐる。その最も著しい例は或はポルノグラフイイにあるかも知れない。彼等は肉感そのものさへ僕等と趣《おもむき》を異にしてゐる。

或人々は千九百十四五年に死んだドイツの表現主義の中に彼等の西洋を見出してゐる。それから又或人々は——レムブラントやバルザックの中《うち》に彼等の西洋を見出してゐる人々も勿論多いことであらう。現に秦豊吉《はたとよきち》氏などはロココ時代の芸術に秦氏の西洋を見出してゐる。僕はかう云ふ種々の西洋を西洋ではないと言ふのではない。しかしそれらの西洋のかげにいつも目を醒《さ》ましてゐる一羽の不死鳥——不可思議なギリシアを恐れてゐるのである。恐れてゐる？　――或は恐れてゐるのではないかも知れない。けれども妙に抵抗しながら、やはりじりじりと引き寄せられる動物的磁気に近いものを感じない訣《わけ》には行かないのである。（「文芸的な、余りに文芸的な」）

3

ここで、もう一つ見ておくべき「深さ」の問題がある。それは「深層」である。深層とは、いうまでもなく階層化によって在らしめられている。この場合の階層性は、アリストテレス・スコラ哲学や朱子学のそれではない。後者において、事物の階層は人間社会の身分的階層に対応しているのに対して、「深層」を生みだすような階層化はすでに「等質的空間」を前提している。

リンネの分類表がなければ、ダーウィンの進化論はありえなかっただろうと、レヴィ＝ストロースはいっている。リンネ自身は、種《しゅ》は神によって創造されたのだと信じていた。だが、もし空間的に表示された系統樹的な分類がダーウィンによって歴史化されたのだとすれば、なぜそれが可能だったのだろうか。たとえば、アリストテレスの分類表からは、なぜそのような変換が生じえないのか。注目すべきことは、したがって、リンネとダーウインの差異よりも、アリストテレスとリンネの差異なのである。アリストテレスにとって、個物は異質な場所《トポス》に属しているのに対して、すでにリンネは「均質空間」を前提している。つまり、彼においては、種の分類表は比較解剖学的になされており、相異なる種はもはや〝異質〟ではない。だからこそ、そこからダーウィンによる変換が可能なのである。

空間的な階層化が時間的な階層化に変換しうるということ、そして、ここからヘーゲル的な弁証法であれ、ダーウィン的な進化論であれ、階層的な発展にかんする「説明」が要求されるのだが、その「説明」そのものより重要なのは、こうした時空変換を可能にしている根拠はなにかということだ。今日の自然科学においても、たとえば、生物学・化学・物理学・核物理学という階層的レベルがそれぞれ探究されていると同時に、それらはいつも進化論的な発展として変換される。あらたな素粒子の構造が見出されると、それは「宇宙の進化」に関する説明にとりこまれる。それだけではない、そのような素粒子の存在証明は、宇宙線のような〝歴史的資料〟によっている。現在の自然科学を支えているのは、いわば時空変換が可能であるかのような地平なのであり、厳密にいえば、そのような遠近法的配置なのである。それは、基本的には、フッサールがいったように、ガリレオによる解析幾何学的な座標空間においてはじまっている。自然科学の時空変換の「根拠」は〝科学的に〟与えられているのではなく、たんにそのようなものとして〝作図上〟仮定されているだけなのだ。

すでにのべたように、近代絵画における「奥行」は、等質な空間において一つの中心的な消失点に対応する事物の配置によって出現するわけであるが、「深層」もまた、〝現実〟に、あるいは〝知覚〟にとって存在するわけではなく、やはり一つの遠近法的な〝作図法〟によって在らしめられている。深層とは下位構造である。つまり上―下の遠近法が、深層を在らしめる。十八世紀の知（リンネ・カント）は、まだ奥行の遠近法に属しており、彼らはいわば「成層」としての歴史を知らない。ルソーにしても、「かつて存在したこともなくこれからも存在することはない」ような「自然状態」という仮説にもとづいている。十九世紀において生じたのは、いわば水平的な奥行の遠近法からの、垂直的な深さの遠近法への変容である。「歴史」が歴史学的にとらえられるようになるのは、そのような配置によってである。

だが、それはすでにわれわれにとってごく自明なものとして、〝客観的〟なものとしてある。それ自体が一つの特定の配置によるということが気づかれていない。たとえば、マルクスやフロイトの仕事は、「深層の発見」として理解されている。が、実は、彼らのやったことは、深層を在らしめている階層化の遠近法（目的論的・超越論的）を解体しようとすることだったし、彼らが注視したのはいわば表層にほかならなかったのだ。しかし、逆にいえば、それは彼らを「深層」の発見者たらしめてしまう知の遠近法がどれほど強力であるかを示している。

たとえば、ミシェル・フーコーは、フロイトが十八世紀における「理性と狂気」の分割に対して、狂気を言語の次元でふたたびとりあげ、「非理性との対話の可能性」を復活させたという。ただフロイトは、医師と病人という、「分割」は解消しえなかったとしても。

しかし、フロイトによる「深層の発見」――それが理性と狂気の「分割」を融合するかのようにみえる――をいうまえに、つぎの点をみておかねばならない。フーコーがいうように、十八世紀における「分割」は文字通り空間的な排除・監禁として生じているが、この「分割」において注目すべきことは、狂気または狂人がもはや〝聖なる次元〟に属さないということ、したがって「分割」は理性と狂気がある意味で〝等質的〟であるがゆえに可能だったのだということである。古典古代にも、中世にも、むろん、理件と狂気の区別はある。しかし、それが空間的な「分割」となるためには、「等質的空間」が前提として必要なのである。あるいはこういってもよい。狂人が異質な場所に隔離されるためには、狂人がもはや〝異質な次元〟に属するのではなく、「人間」であることが認知されていなければならない。つまり、この「分割」は、近代の遠近法にほかならないのである。

フロイトがそれに対してやったことは何だろうか。精神分析として一般に考えられている理論においては、狂気とは、ある発達史的な段階における統合化の挫折の結果〟より低次の段階にとどまる（退行する）ことである。しかし、これはフロイトが考え出したことではない。それはたとえばヘーゲルによってすでに確立されている。

ヘーゲルは狂気を異質なものとして排除するのではなく、それを低次の階層レベルへの固執または自律としてとらえた。のみならず、彼の階層体系においては、一般に、「病」とは、低次の形式がそこにとどまったままで自律してしまうことである。そこでは、狂気がそれ自体としては正常な段階（契機）としてみなされるだけでなく、「理性」もそれがより高次な段階に対して自律しようとするとき――カント・ロベスピエール的な「悟性主義」のように――、病とみなされる。こうして、ヘーゲルは理性と非理性を対立させるのではなく、理性がそのままで非理性でありうるという視点をとりえたのである。むろん、超越的な「上位」を前提することによって。

したがって、病を低次の形式の「独立」とみるヘーゲルの視座《パースペクティヴ》は、超越論的なものを前提している。また、フロイトに先立って、「治療」がここからはじまるのである。一般に、フロイト主義、あるいは治療としての精神分析は、ある意味でのヘーゲル主義に帰着するほかない。とりわけ、フロイトの理論をエディプス・コンプレクスあるいは性的解釈への固執から解放し、「アイデンティティの危機と克服」を生の諸段階に見ようとしたエリック・エリクソンの場合は、まったくヘーゲル的なものである。ただそこでは、もはやヘーゲルが忘れられており、同時に、そうした階層的遠近法を可能にするのが一つの形而上学であることが忘れられているだけだ。

　精神分析が治療であるかぎりは、それは、医者が、「発展」に挫折した患者をあらためて統合化に立ちむかわせることである。しかし、すくなくともフロイトにとって、精神分析が「治療」であったかどうかは疑わしいといわねばならない。精神病理学的な「治療」は、狂気を異質な次元に属するものとしてではなく、さらに空間的に排除・監禁さるべきものとしてでもなく、「下位」に属するものとして階層化することによってはじめて出現する。フロイトがそれを開始したのではないし、また彼が「深層」を発見したのではない。彼のやったことは、むしろそのような階層的遠近法の拒絶である。

　それは、彼がブロイアーの催眠療法からはなれて自由連想法をとったことに示されているといってよい。つまり、フロイトは「深層」のかわりに、自由連想または夢において表層的にあらわれる情報の連合《パラディグム》と統合《シンタグム》の配置に注目したのだ。「無意識」とよばれるものは、われわれの「意識」の遠近法的配置（線的・統合的）において、無意味・不条理なものとして排除される表層的配置である。アイロニカルなことは、さきにものべたように、フロイトの本質的な新しさが「深層」の拒否にあったにもかかわらず、「深層」の発見者とみなされてしまったことである。

　一方、マルクスは、ヘーゲルが階層的発展の「原因」を対立や矛盾に見出すのに対して、実は対立や矛盾がいつも「結果」（終り＝目的）からみられたものにすぎないことを指摘する。対立や矛盾はいわば〝作図上〟存在するのであり、「原因」もまたそうである。マルクスは、それに対して、「自然成長的」な生成、あるいは自然成長的に変化するような多重構造体を見出している。これは、遠近法的に構成された歴史（弁証法的であれ進化論的であれ）に対して、先にのべたような意味での「身体」を見出すことだといってもよい。当然ながら、それは「深層」にあるわけではない。それは、上位―下位、遠―近、表層―深層という遠近法を無化することによってのみ見出される。

マルクスにおける「人間の死」やニーチェにおける「神の死」は、実は、神とか人間とかいった存在のことをさしているのではない。それは、事物・言説を透しみることを可能にするようなものが、作図上の消失点にほかならないということを宣告することなのだ。だが、結局は、それもまた見透《パースペクティヴ》し、あるいは歴史主義的な展望《パースペクティヴ》のなかに吸収されてしまうだろう。マルクスやフロイトを「深層の発見」者たらしめてしまう形而上学は、なんらかの観念としてではなく、まったく自然な自明性としてあるからだ。

4

ところで、十八世紀から十九世紀にかけて西欧におこった遠近法の変容は、明治二十年代における森鷗外と坪内逍遥のいわゆる「没理想論争」において、劇的に露出している。

文学史家たちにそれが見えなかったのは、それが隠されているからではない。「文学史」という遠近法がそれを見ることをさまたげるのである。明治二十年代に形成された「国文学」、あるいは「文学史」は、あたかも古代から中世、近世、近代へ向かう文学の「進化」、「深化」、「発展」があるかのように配置する。必要なことは、そのようなパースペクティヴに対して、べつのパースペクティヴ（たとえば「反近代」主義のような）を提示することではなく、ただたんにそれらを可能にし且つ自明にしている配置を注視することである。

この論争において、何が「問題」だったのかと問うてはならない。「問題」は、つねに対立あるいは矛盾として構成される。だから、論争という形態こそが「問題」を在らしめている。われわれは、現実的なものをおそらく対立あるいは二分法によってしか「意識」できないとしても、すくなくとも「問題」がいわば〝作図〟によってのみ在ることを知っておくべきだ。論争（対立）として形成される「問題」は、何かを明るみに出すと同時に、何かを隠蔽している。これは「政治と文学」論争であれ、「戦後文学」論争であれ、同じことである。対立が隠蔽するのは差異的多様性である。「没理想論争」を読むためには、彼らが対立することによって意味をなし「問題」をなしている場を、ずらしてみなければならない。

まず坪内逍遥はつぎのようにのべている。

評釈といふにも二法ありて、有りの儘《まま》に字義、語格等を評釈して、修辞上に及ぶも一法なり。作者の本意もしくは作に見えたる理想を発揮して、批判評論するも評釈なるべし。予はじめは「マクベス」を義訳して、専ら第二の評釈の法を取らばやと思ひたりしが、又感ずることありて、むしろ第一義の評釈のかたを取るべしと決しぬ。其の故如何といふに、第二義の評釈、即ち「インタープリテーション」は若し見識高き人に成れる時は、読みて頗《すこぶ》る感深く、益もあるべけれど、識卑《ひく》き人の手に成れる時は徒らに猫を解釈して虎の如くに言ひ做《な》し、迂潤なる読者をして、あらぬ誤解に陥らしむる恐れあり。こはシェークスピヤの作の甚だ自然に似たるより生ずることなり。此の点は大切の事なれば、いはでもの論に似たれど、左に少しく弁じ置くべし。

予がシェークスピヤの作を甚だ自然に似たりといふは、彼れが描ける事件、人物が、実際のに同じとにはあらず。彼れが作は読む者の心々にて、如何やうにも解釈せらる、ことの酷だ造化に肖《に》たるをいふなり。(『マクベス評釈』の緒言)

これは論争文として書かれたものではないが、論争の過程において、逍遥は結局、シェークスピアのテクストに関する右のような考えをのべることに終始している。彼のいう「理想」とは、テクストを見とおすような意味《シニフィエ》・主題のことにほかならない。シェークスピアのテクストは、これまでさまざまな「解釈」を受けてきたが、そのどれにも還元されない、つまり「殆ど万般の理想をも容れて余りあるに似たり」と、彼はいう。《蓋《けだ》し造化の捕捉《ほそく》して解釈しがたきが如く、彼が作の変幻窮《きはま》りなくして一定の形なく、思ひ做し次第にて、黒白紫黄、いかさまにも解せらるゝが故なるべし》。

シェークスピアは「大哲学の如く」、また、その作品は「理想」の外化のごとくみなされる。しかし、シェークスピアを称賛するというのなら、「むしろ其の没理想なるをたゝふべきのみ」と、逍遥はいう。《然るに、古人多くは没理想の作を、やがて大理想と解釈して、其の作者を神の如く、聖人の如く、また至人の如く評したるものあれど、没理想必ずしも大理想なるにはあらず、小理想もまた没理想と見ゆることあり》。逍遥は、「没理想の作」が「大理想」として解釈されてしまう転倒を指摘するとともに、「没理想」なるものはそれ自体「目的」ではないというのである。鷗外が逍遥のいう「没理想」をゾライズムと比肩したりするのは、当たっていない。自然主義とは、いわば「没理想と見ゆる」「小理想」にすぎないからだ。

逍遥は、一貫して、シェークスピアのテクストについて語っている。シェークスピアという作者が「没理想」を掲げていたというわけでもなければ、また、「没理想」をめざせといっているわけでもない。ただ、シェークスピアのテクストがどんな「理想」にも透過的に還元されないこと、したがって、「第一義の評釈」つまりテクスト・クリティクからやるほかないこと、ただそういうことをくりかえしているだけなのである。

逍遥は、また、「空理を後にして、現実を先きにし、差別見を棄て、平等見を取り、普く実相を網羅《もうら》し来りて、明治文学の未来に関する大帰納《きのう》の素材を供せんとする」という。『小説神髄』も根本的にこうした姿勢で書かれており、一言でいえば、それは帰納的な方法による、小説の「分類」なのである。それが非歴史的で空間的なものであることは、西洋・日本・中国の小説をたんにその形態から分類していることから明らかだし、また、『『マクベス評釈』の緒言」においても、「近松もしエリザベス時代に生れて、英文にて世話物を書き残し……」というふうに、歴史的な遠近法をもっていない。だが、それは「理想」(意味)からではなく形態から小説をみようとする姿勢をつらぬいている。つまり、時と所を異にする小説を、それらの差異を捨象する「平等見を取り」、フォーマリスティックに考察し分類しているのである。

西洋人がこのような発想をするようになるのは、西洋をその外の世界から非中心化する時期にいたってからにすぎない。しかし、今日からみるとかえって新鮮にみえる逍遥の論が、当時において(ある意味では現在においても)鷗外に圧倒されたようにみえるのも、実はそのためなのだ。逍遥には「深さ」の遠近法が欠けている。

鷗外の要約にしたがえば、逍遥は小説を三つに分類している。第一に、固有派・主事派・物語派。これは「事柄を先にし、人物を後にす」るもので、「大かたの事変は、主人公の性行より起らしめずして、偶然外より来らしむ」ものである。例として、馬琴、種彦、外国では中古の物語類、フィールディング、スモーレットなどがはいる。第二に、折《せっ》衷《ちゅう》派・性情派・人情派。これは「人を主とし、事を客とし、事を先にし、人を後にす」る。つまり、前者は「人の性情を活写する」という意味であり、後者は「事によりて性情を写」すという意味である。例としてサッカレーがあげられる。第三に、人間派。これは「人を因とし、事を縁とす。その因とするところは人の性情にして、その縁とするところは事変なり」というようなもので、例として、ゲーテ、シェークスピアがあげられている。

　鷗外が批判するのは、こうした分類がたんに併列的なものとしてあるという点である。「逍遥子とても、固有、折衷、人間の三目を立て、流派とせしは、あながち尊卑を其間に置かざりしにはあらざるべし」と、鷗外はいう。彼にはすでに歴史的なパースペクティヴがあり、たとえば、「詮《せん》ずるところ人間主義の小説界に入りしは、十九世紀に於ける特相といふも誣言《ふげん》にあらじ」という。もちろん、この程度の歴史主義的認識を〝あながち〟逍遥がもっていなかったわけではない。しかし、逍遥のすぐれた点は、のちに漱石がロンドンで『文学論』を構想したときそうしたように、西洋の「文学史」をあえて受けいれなかったところにあるといってよい。彼は、彼のなじんでいた江戸以来の日本の小説を西洋の小説と併置して、〝没理想〟的に位置づけようとしたのであり、それを「改良」はしても

「切断」をしなかったのである。

それに対して、森鷗外はこうのべている。

然はあれど固有、折衷、人間の三目は逍遥子立て、派となしつ。類想《ガツツングスイデエ》、個想《インヂキヅアルイデエ》、小天地想《ミクロコスモスイデエ》の三目は、ハルトマン分ちて美の階級としつ。二家はわれをして殆《ほとんど》岐に泣かしめむとす。

ハルトマンが類想、個想、小天地想の三目を分ちて、美の階級とせし所以は、其審美学の根本に根ざしありてなり。彼は抽象的《アブストラクト》理想派の審美学を排して、結象的《コンクレエト》理想派の審美学を興さむとす。彼が眼にては、唯官能上に快きばかりなる無意識形美より、美術の奥義、幽玄の境界なる小天地想までは、抽象的より、結象的に向ひて進む街道にて、類想と個想（小天地想）とは、彼幽玄の都に近き一里塚の名に過ぎず。（「柵草紙の山房論文」）

鷗外の主張は、いいかえると、逍遥が併列させている「三派」は階級（階層）的なものであり、発展段階にほかならないということである。彼はそのことをハルトマンに拠って主張する。しかし、鷗外自身がいうように、そのためには必ずしもハルトマンに依拠する必要はなかっただろう。

ハルトマンの「無意識哲学」とは、ある意味では、ヘーゲルの「理念」とショーペンハウアーの「意志」とを統合したようなものである。ヘーゲルと異なるのは、絶対者が合理的な「理念」ではなく、非合理的な「意志」すなわち「無意識者」だという点である。また、べつの意味では、それはヘーゲルの弁証法的進化論とダーウィン的な進化論を統合したようなものであって、世界は「無意識者」の自己分裂による階層的発展としてとらえられている。だが、「無意識」という深層が、超越論的・目的論的構えのなかでのみ見出されていることに注意すべきだろう。だから、結局それはヘーゲル主義的なものに帰着するのであり、それを破ってはいない。

しかし、ハルトマンの哲学がどうであってもよい。重要なのは、むしろ鷗外がその時期に支配的であった歴史主義や実証主義をとらずに、極端な一元的観念論をとったということである。われわれは、このことを、哲学的内容によってではなく、配置においてみなければならない。つまり、鷗外が「理想」（理念）を主張することによってもたらそうとしたのは、逍遥における併列的なカテゴリーを時間化（階層化）することであり、いいかえれば逍遥における奥行の遠近法を深さ（上下）の遠近法に変容することであった。これはドイツの思想的文脈においてハルトマンの哲学が意味したこととはほぼ無関係である。ハルトマンの前にはすでにヘーゲルがいるからだ。しかし、鷗外においては、先行するものは何もなく、ただ逍遥ひとりが体系的な理論をもって存在していたのである。この「没理想論争」において、鷗外が終始攻撃的だったのはそのためである。

逍遥における「理想」と、鷗外における「理想」の意味はまったくちがっていた。くりかえしていうと、鷗外のいうような「理想」は、テクストを、ある〝消失点〟によって見とおすことができるように配置しなおすことによって生じる。たとえば、「時代精神」とは、ある時代の多様な諸言説を一つの中心（消失点）に配列しなおすことにほかならない。その上で、観念論《イデアリスムス》は、逆に、テクストをそのような「時代精神」の外化（表現）とみるわけである。したがって、観念論を批判するためには、「時代精神」のかわりに「経済的下部構造」等々をもってきたりするのではなく、いわば消失点作図法それ自体を批判することが必要なのだ。すでにいったように、マルクスがやったのはそのような企てである。

しかし、鷗外が必要としたのは、逆に、そのような遠近法をもたらすことである。彼のいう「理想」は、江戸文学的なものの「改良」ではなく、その配置を全面的に再編成し中心化するような〝消失点〟にほかならない。厳密にはそこからのみ「近代文学」があらわれる。むろん私は鷗外の理論そのものから「近代文学」が出てきたといっているのではない。この論争において、対立し「問題」を形成したのは鷗外である。鷗外は、明治二十年代において併存し多様な差異性としてあったもの——逍遥はそれを「没理想的」に肯定している——を、「対立」として構成したのであり、江戸文学的な流れを「下位」として位置づけ、且つそのことを「必然」化したのである。

5

興味深いのは、しかし、鷗外が大正期に入ってほとんど唐突にこのような配置に抗いはじめたことである。以前私は「歴史と自然——鷗外の歴史小説」（『意味という病』所収）というエッセイでそれを指摘したことがあるが、あらためてのべておきたい。たとえば、鷗外は、乃木将軍の殉死のあと、一気に『興津弥五右衛門の遺書』を書きあげ、それが彼の歴史小説に入りこむきっかけとなった、といわれている。しかし、重要なのは、一気に書かれた初稿ではなく、彼が八ヵ月後にそれを大幅に改稿したという事実である。初稿では、遺書はつぎのように終っている。

最早 某《それがし》が心に懸《か》かり候事毫末《がうまつ》も無之《これなく》、只々《たゞ〳〵》老病にて相果候が残念に有之《これあり》、今年今月今日殊に御恩顧《おんこ》を蒙《かうむり》候松向寺殿の十三回忌を待得《まちえ》候《そろ》て、遅馳《おくればせ》に御跡を奉 慕《したひたてまつり》候。殉死は国家の御制禁《せいきん》なる事、篤《とく》と承知候へ共《ども》壮年の頃相役を討ちし某が死遅れ候迄なれば、御咎《とがめ》も無之歟《か》と存候。（中略）

此遺書蠟燭《らふそく》の下にて認《したゝめ》居候処、只今燃尽候。最早新《あらた》に燭火を点《ともし》候にも不及《およばず》、窓の雪明りにて、皺腹搔切《しわばらかつきり》候程の事は出来可申候。

初稿では、右のように、「国家の御制禁」である殉死を、「窓の雪明り」の下で決行することになっている。ところが、改稿によれば、弥五右衛門は、主命を得て、「いかにも晴れがましい」場所で切腹するのである。しかもそのあとがきに、「仮屋の周囲には京都の老若男女が堵《と》の如くに集つて見物した」とある。この違いは何を意味するのだろうか。

初稿はたしかに乃木将軍を想起させる。事実、それが発表された『中央公論』誌上に、この作品は「万治元年先君に殉死せる遺書に擬せる作なり」と銘《めい》打って、乃木殉死に関する諸家の論評と併載されたのであり、疑いなく鷗外は初稿を、乃木殉死に関する解釈として書いたのである。したがって、初稿には明確な「主題」があり、凝縮された緊迫感がある。ところが、改稿ではそういう緊迫感はなく、「主題」もあいまいになってしまっている。初稿と改稿で「主題」が異なるというよりも、鷗外は改稿においてむしろ「主題」そのものを否定しようとしたのである。

鷗外の「歴史小説」がはじまるのは、厳密には、この改稿の時点からである。それまでの鷗外の作品が大なり小なり「意味」を表現したものとすれば、この改稿以後の作品は、そのような超越的な「意味」を拒絶している。それは、作品における配置を非中心化することによってなされる。そこでは、互いに矛盾しさえする諸断片が「意味するもの《シニフィアン》」として併列されており、それらを見とおすことを許すような「消失点」はない。
たとえば、『阿部一族』において、一族と家族ぐるみのつきあいのあった隣人柄本又七郎の、一族を討ったあとの様子はつぎのように描かれている。

阿部一族の死骸は井出の口に引き出して、吟味《ぎんみ》せられた。白川で一人一人の創《きず》を洗つて見た時、柄本又七郎の槍に胸板を衝《つ》き抜かれた弥五兵衛の創は、誰の受けた創よりも立派であつたので、又七郎はいよ〳〵面目を施《ほどこ》した。

悲劇的な物語を予期しながら読みつづけてきた読者は、ここではぐらかされる。われわれには柄本という男の「内面」がさっぱりわからない。それはたんに鷗外が「外面」描写に徹しているからではない。つまり、表面から深さを暗示させようとする文体をとっているからではない。もともと柄本という男には、われわれが考えるような「内面」がないのであって、鷗外は右のような断片を併置することによって、「深さ」に到ろうとする読者を突き放すのである。

鷗外は、彼の「歴史小説」が一つの「物語」として読まれてしまうことを斥けるために、さまざまな工夫を凝らしている。註や後記は、彼の作品の場合、作品を理解するのを助けるためではなく、それが一つの焦点を結ぶことがないように意図的に附されている。

これは「史伝」においてはもっと徹底される――つまり、それはもはや「作品」であろうとすること自体を拒んだ作品なのである。にもかかわらず、鷗外の「歴史小説」を、心理的・歴史的に解釈し、且つ批判する研究者が跡を絶たない。鷗外のこうした「転回」にかんして、私は以前に書いたことをこれ以上くりかえすかわりに、それを「没理想論争」からとらえなおしてみたいと思う。鷗外はつぎのようにいっている。

……わたくしの前に言つた類の作品は、誰の小説とも違ふ。これは小説には、事実を自由に取捨して、纏《まと》まりを附けた迹《あと》がある習であるに、あの類の作品にはそれがないからである。わたくしだつて、これは脚本ではあるが「日蓮上人辻説法」を書く時なぞは、ずつと後の立正安国論を、前の鎌倉の辻説法に畳《たた》み込んだ。かう云ふ手段を、わたくしは近頃小説を書く時全く斥《しりぞ》けてゐるのである。

なぜさうしたかと云ふと、其動機は簡単である。わたくしは史料を調べて見て、其中に窺《うかが》はれる「自然」を尊重する念を発した。そしてそれを猥《みだり》に変更するのが厭になつた。これが一つである。わたくしは又現存の人が自家の生活をありの儘《まま》に書くのを見て、現在がありの儘に書いて好いなら、過去も書いて好い筈だと思つた。これが二つである。

わたくしのあの類の作品が、他の物と違ふ点は、巧拙《かうせつ》は別として種々あらうが、其中核は右に陳《の》べた点にあると、わたくしは思ふ。（『歴史其儘と歴史離れ』大正四年）

鷗外は忘れていたかもしれないが、これは逍遥がシェークスピアのテクストについてのべたこととほぼ同じである。彼はひとまわりして、明治二十年代の論敵の境位に到達したかのようにみえる。むろんこのひとまわりこそ、つまり、近代文学の配置を先駆的に形成した鷗外自身がそれを非中心化しようとしたということが重要なのである。

問題は、鷗外の転回が先端を切りひらくというよりは、一種の本卦《ほんけ》帰りというかたちでなされていることである。彼はたんに「厭になつた」のである。鷗外がやったような転回は、西洋の作家においてはおそらく途方もない知的緊張を要したし、今も要するだろう。しかし、鷗外においては、それはいわば自然過程としてなされている。これは鷗外だけの問題ではなかった。「纏まりを附け」ることへの嫌悪、いいかえると「構成」への嫌悪は、大正期において、鷗外の「歴史小説」への傾斜と平行して、いわゆる「私小説」として支配的な傾向となっているからだ。意味内容においてではなく配置においてみるならば、それらは共通する一つの傾向性にほかならない。

たとえば、「私小説」は、ある均質空間としての「社会」のかわりに具体的な血縁の空間をとりあげ、またそのような「社会」に対応する「私」のかわりに、気分・知覚といった前コギト的領域を書く。したがってまた、それは本質的に「構成」を嫌悪し、十九世紀西欧の小説を「不純」あるいは「通俗」として軽蔑しさえするのである。逆説的なことは、こうした反「文学」的志向が「純文学」を形成したということである。だが、この嫌悪はどこからくるのか。いうまでもなく、それは遠近法的な配置、超越論的な意味（消失点）への嫌悪である。むろん彼らはそのことをはっきり自覚してはいなかったし、する必要もなかった。それを明確に自覚したのは、晩年の芥川龍之介、構成的な作品に嫌悪をおぼえはじめた芥川だけだといってよい。われわれはそれを、谷崎潤一郎との、いわゆる「『話』のない小説」論争に見ることができる。

その二　「『話』のない小説」論争

1

私が論争をとりあげるのは、そこに何らかの解決さるべき「問題」を見出すためではない。まったくその逆であって、対立として意識された「問題」を一つの症候として解読するためにすぎない。マルクス主義の枠内での「文学論争」とちがって、突発的におこり芥川の自殺によって立ちきえてしまった「『話』のない小説」論争は、とりわけそのようなものとしてある。

この論争において、芥川は「『話』のない小説」についてのべ、「話」は「芸術的価値」とは無関係だといっている。それに対して、谷崎は、「筋の面白さは、云ひ換へれば物の組み立て方、構造の面白さ、建築的の美しさである。此れに芸術的価値がないとは云へない」という。したがって、一見すると、この論争では、断片化（非中心化）することと、構成化(中心化)することとが対立しているようにみえる。しかし、たとえば、芥川が否定する「話」と、谷崎が肯定する「話」は、微妙にくいちがっている。それは逍遥のいう「理想」と、鷗外のいう「理想」がくいちがっていたのと類似している。「話」をめぐる彼らの対立は、「話」が何であるかを明らかにすることによって、まったくちがった様相を呈するだろう。芥川が「話」によって意味するものと、谷崎が「話」によって意味するものとは異なっている。いいかえると、芥川が「話」を否定することで対立しているのは谷崎ではないかもしれないし、谷崎が「話」を肯定することで対立しているのは芥川ではないかもしれない。だから、「話」という語の同一性にまきこまれることで互いに対立してしまうとはいえ、彼らは暗に手を結びあっているのかもしれないのである。「『話』のない小説」論争が、「問題」としてではなく「症候」として読まれなければならないのは、そのためなのだ。

丸山真男は、日本における論争は論理的に煮つめられないまま感情的対立に終るため、同じ「問題」が何年か経つと前と無関係に議論されるといっている。しかし、日本であろうと、西洋であろうと、「問題」が論理的に解決されたりすることなどありはしない。ヴィトゲンシュタインがいうように、「問題」はそれが「問題」でなくなったときにのみ解決されるのだからである。さらに、たとえば西欧中世の実在論と唯名論の論争にしても、その「対立」は論理的に解決されたのではないし、そのような「対立」を形成しているのは論理そのものとはべつのものだ。まして、「『話』のない小説」論争に関しては、芥川と谷崎が駆使するロジックにとらわれることはできないのである。

たとえば、佐伯彰一は、「……その論旨の提示ぶりから議論の展開の仕方まで、芥川の方が終始押され気味で、じりじりと後退をつづけるばかりであった。その態度、筆勢《ひっせい》からして、ほとんど一方的な負け戦で、どう見ても芥川に勝ち味はなかった」と書いている。むろんそのあとでつぎのようにのべている。

……わが国の二十世紀小説のその後の推移について考えるなら、谷崎・芥川論争における現実的な勝利者はむしろ芥川の方であった、と認めざるを得ない。基本的な定義の曖昧さ、論法と細部におけるしどろもどろの遅疑《ちぎ》逡巡《しゅんじゅん》ぶりにもかかわらず、芥川の小説論上の主張の方が、はるかに強力に生きのびたと思われる。

ここに不思議な文学史のアイロニイがある。論争における明らかに敗者の側の文学的主張の方が、根づよく生きのびて、かえって勝者を圧倒する勢いを示したのだ。（「物語芸術論」）

この論争を「勝負」としてみるなら、なるほど「不思議な文学史のアイロニイ」がそこにみつかるかもしれない。しかし、「症候」としてみるなら、彼らの「対立」が相互に逆転してしまうようにみえるのは、アイロニイでも何でもない。対立の形式が、本当は網目《あみめ》状にからまりあっている様態を切りすててしまっているからにほかならない。

2

まず、芥川にとって「話」は何を意味していたのだろうか。

「話」らしい話のない小説は勿論唯身辺雑事を描いただけの小説ではない。それはあらゆる小説中、最も詩に近い小説である。しかも散文詩などと呼ばれるものよりも遥かに小説に近いものである。僕は三度繰り返せば、この「話」のない小説を最上のものとは思つてゐない。が、若し「純粋な」と云ふ点から見れば、――通俗的興味のないと云ふ点から見れば、最も純粋な小説である。もう一度画を例に引けば、デッサンのない画は成り立たない。(カンディンスキイの「即興」などと題する数枚の画は例外である。)しかしデッサンよりも色彩に生命を託した画は成り立つてゐる。幸ひにも日本へ渡つて来た何枚かのセザンヌの画は明らかにこの事実を証明するのであらう。僕はかう云ふ画に近い小説に興味を持つてゐるのである。(「文芸的な、余りに文芸的な」)

芥川自身が絵画を例にとっているということからみても、彼のいう『「話」のない小説』がいかなる文脈で語られているかは明瞭であろう。すでにいったように、後期印象派は、まだ遠近法に属しているとはいえ、そのような作図上の均質空間に対して「知覚空間」を見出している。芥川のいう「話」とは、見とおし《パースペクティヴ》を可能にするような作図上の配置にほかならない。しかし、重要なのは、たんに芥川が第一次大戦後の西欧の動向に敏感だったということではなく、また彼がそのような作品を書こうとしたことですらもなくて、西欧における動向を日本の「私小説的なもの」と結びつけたことである。いいかえると、芥川は「私小説的なもの」を世界的に最先端を行くものとして意味づけたのである。

こうした視点は、当の私小説家たちにとっては不可解だったはずである。むろん谷崎潤一郎もそれを理解していない。私小説家たちは、「私」をありのままに書くのだと考えていたのだし、また西欧の作家と同じことをやっているのだと考えていた。だが、彼らの実際にやっていることはそうではない。芥川がみたのは、告白か虚構かというような問題ではなくて、「私小説」というものがもつ配置の在りようだったといえる。芥川は、それを中心をもたない断片の諸関係としてみたのである。

私小説において、「在りのままに書く」ということは、鷗外がそういった意味で、もはや「纏まりをつけない」ことである。いわゆるリアリズム（十九世紀的）は、作図上の空間に属しているのであるから、私小説家たちが同一の語を用いたとしても、内実はまるでちがっている。同じことが、「私」という語についてもいえる。私小説においては、実は「私」は現象学的な意味でカッコにいれられているのである。

近代西欧における「私」は、デカルトがそうであったように、一つの遠近法的配置においてある。西欧においては、この配置があまりにも自明かつ自然であるために、それが作図上の配置であることに気づくこと自体が容易ではなかった。のみならず、この配置を還元（カッコいれ）して、それが変形し隠蔽している原初的な〝配置〟の在りようをみるためには、むしろ不自然な意志と方法的な仕掛けを必要とする。フッサールやベルグソンがそれぞれ払った努力を考えてみればよい。日本の私小説においては、その逆である。彼らにとって、西欧的な「私」を自然たらしめている配置こそ、不自然であり人工的であるとみえたからである。

したがって、注意すべきことは、私小説的なものが、西欧における反西欧的な動向とは、まったくべつの文脈にあるということだ。芥川は、「或論者の言ふやうにセザンヌを画の破壊者とすれば、ルナアルも亦小説の破壊者である」という。しかし、志賀直哉をそのような意味で「小説の破壊者」としてみることはできない。彼の「破壊」は、あまりにも自然的である。さきに、私が鷗外の「歴史小説」における転回が、私小説的なものの抬頭と通底するものであり、一種の自然過程だといったのは、そのことである。

志賀直哉における「私小説的なもの」は、内村鑑三に対する反撥としてあらわれている。それはキリスト教的な配置に対する反撥であると同時に、近代「文学」の配置に対する反撥である。志賀におけるこの嫌悪が激烈でのっぴきならぬものであったことは疑いないが、芥川の場合にはそれはむしろ疲労としてあらわれている。それが、芥川が谷崎に追いつめられているように映る理由である。しかし、嫌悪であろうと、疲労であろうと、「私小説的なもの」が支配的な潮流を形成したのは、一般に近代「文学」の配置が不自然なものと思われたからである。この意味で、大正期の文学は、明治二十年代に確立された「文学」に対する潜在的なリアクションとして位置づけられるだろう。しかも、そのことは、西欧文学がいっそう浸透したコスモポリタン的雰囲気のなかで生じたのである。

　私小説の「私」は、コギトではない。いいかえれば、それは均質空間に対応するものではなく、異質な空間に対応している。したがって、私小説は「個人の明瞭な顔立ち」（小林秀雄）を示す。このような異質空間を否定するためには、つまりこのような異質空間を均質化するためには、もはやたんに西欧文学の教養を対置するだけでは不十分だった。批評家たちがどんなにフィクションの必要を説いてもむだなのだ。

　こともあろうに芥川をたてにとって、そのようにいう「近代主義的批評家」に対して、吉本隆明は、つぎのようにいっている。

　文学の形式的構成力が作家の生意識の社会的基礎の函数であるかぎり、井上良雄のいう「性格上のゲエテ的完成」も、作品上の精緻《せいち》な形式的完成も、志賀にとっては、易々たる自然事にすぎなかった。これに対し、中産下層を生意識上の安定圏とする芥川にとって、作品の形式的構成すらも、爪先立った知的忍耐の結果に外ならなかったのは当然であった。形式的構成力を、知的能力の大小にのみ左右されるものと誤解している批評家たちが、芥川の造型された物語作品を、芥川の本領のように誤解したのも当然である。（「芥川龍之介の死」）

ここで、「構成力」が、作家の「自己の社会的安定圏」によって左右されるという指摘は、留保を要する。というのは、芥川が志賀の小説に「『話』のない小説」をみたように、志賀にとって、「精緻な形式的完成」は「易々たる自然事」ではありえなかったからだ。唯一の長編小説を書きあげるのに十数年を要した事実一つをとっても、彼が「形式的構成力」をもっていないことは明白である。しかし、右の指摘において重要なのは、構成力が知的な能力や意志だけでどうにかなるような問題ではないということである。実際それは「意識」の問題ではない。心理学者河合隼雄は、臨床経験から、西欧人の夢がストラクチュアをもっているのに対して、「日本人のは、なんかダラダラしていて、私小説じゃないけれども、どこで切ってもいいような、いつでも終りにできるようなものが多い」（中村雄二郎「精神のトポス」所収）といっている。

私小説的な配置を変容しうるものは、すでに明治二十年代にキリスト教がそうだったように、有無をいわさぬ強力な観念としてあらわれるのであって、日本におけるマルクス主義はまさにそのようなものとして機能したのである。小林秀雄は、その点を正確につかんでいた。

併しこゝにどうしても忘れてはならない事がある。逆説的に聞えようと、これは本当の事だと僕は思つてゐるが、それは彼等は自ら非難するに至つた、その公式主義によつてこそ生きたのだといふ事だ。理論は本来公式的なものである、思想は普遍的な性格を持つてゐない時、社会に勢力をかち得る事は出来ないのである。この性格を信じたからこそ彼等は生きたのだ。この本来の性格を持つた思想といふわが文壇空前の輸入品を一手に引受けて、彼等の得たところはまことに貴重であつて、これも公式主義がどうのかうのといふ様な詰らぬ問題ではないのである。

成る程彼等の作品には、後世に残る様な傑作は一つもなかつたかも知れない、又彼等の小説に多く登場したものは架空的人間の群れだつたかも知れない。併しこれは思想によつて歪曲され、理論によつて誇張された結果であつて、決して個人的趣味による失敗乃至は成功の結果ではないのであつた。

わが国の自然主義小説はブルジョア文学といふより封建主義的文学であり、西洋の自然主義文学の一流品が、その限界に時代性を持つてゐたに反して、わが国の私小説の傑作は個人の明瞭な顔立ちを示してゐる。彼等が抹殺したものはこの顔立ちであつた。思想の力による純化がマルクス主義文学全般の仕事の上に現はれてゐる事を誰が否定し得ようか。彼等が思想の力によつて文士気質なるものを征服した事に比べれば、作中人物の趣味や癖が生き生きと描けなかつた無力なぞは大した事ではないのである。(「私小説論」)

「社会化した私」という言葉の解釈をめぐっておびただしい考察がなされたこのエッセイのなかで、小林秀雄はべつに難しいことをいっているわけではない。それは、「私」が心理(意識)的な問題ではなく、配置の問題だということにすぎない。公式的マルクス主義は、作家の「顔立ち」、いいかえれば私小説がもつ異質な個別空間を打ちくだいた。それは、明治二十年代に、内村鑑三のような激烈なピューリタニズムが「内面」を形成したのと同じである。むしろそれらが「封建主義的文学」(小林秀雄)を完全に打ちくだいたわけではない。現に、小林秀雄が右のように書いているのは、マルクス主義文学の方が打ちくだかれたあとなのである。

逆説的なことは、西洋におけるマルクス主義が、すくなくともコギト的な私を相対化するものとしてあったのに対して、日本ではそれは、私小説における「私」とちがった私

（実存）を生みだすものとして機能したことである。いわゆる「戦後文学派」に流れている、構成的意志と実存主義的な関心は、公式的マルクス主義による強力な配置変容の所産である。

3

マルクス主義もまた「話」を実現する。だから、芥川と谷崎の論争（昭和二年）は、その勢威《せいい》の下にかすんでしまったかのようにみえる。しかし、谷崎のいう「話」は、そのような「話」とはまた異質であった。彼は芥川を批判してこういっている。

構造的美観は云ひ換へれば建築的美観である。従つてその美を恣《ほしいまま》にする為めには相当に大きな空間を要し、展開を要する。俳句にも構成的美観があると云ふ芥川君は茶室にも組み立ての面白さがあると云ふだらうが、しかし其処には物が層々累々と積み上げられた感じはない。芥川君の所謂「長篇を絮々綿々《じょくじょくめんめん》書き上げる肉体的力量」がない。私は実に此の肉体的力量の欠乏が日本文学の著しい弱点であると信ずる。

失礼ながら私をして忌憚《きたん》なく云はしむれば、同じ短篇作家でも芥川君と志賀君との相違は、肉体的力量の感じの有無にある。深き呼吸、逞《たくま》しき腕、ネバリ強き腰、――短篇であつても、優れたものには何かさう云ふ感じがある。長篇でもアヤフヤな奴は途中で息切れがしてゐるが、立派な長篇には幾つも〳〵事件を畳みかけて運んで来る美しさ、――蜿蜒と起伏する山脈のやうな大きさがある。私の構成する力とは此れを云ふのである。（「饒舌録」）

谷崎は意地の悪いいい方をしているけれども、こうした構成力の差は、むろん文字通りの「肉体的力量」の差ではなく、いわば「観念的力量」の差なのだ。谷崎自身が芥川や志賀とちがって、長編小説を老年にいたるまで続々と書きつづきえたのは、彼がマルクス主義と異なるとはいえ、やはりほとんど公式的といっていいほどの観念的枠組に依拠していたからである。この意味では、谷崎の「肉体的力量」は、肉体（性）を自然なものとして受けとらなかった、彼のマゾキズムと関連しているかもしれない。

だが、谷崎が堂々たる「構成力」をもっているとしても、また私小説をそこから批判しているとしても、彼もまた「近代文学」がもつ配置とは異質だった。谷崎のいう「話」とは、いわば「物語」なのだ。そして、「物語」とは、明治二十年代の制度的確立、あるいは遠近法的な均質空間によって排除され、且つ排除されることで顕在化しはじめた「空間」である。この意味で、それは私小説的な「空間」と共通するものをもっている。それらはいずれも制度としての「近代文学」の配置のなかで生じたそれに対する反撥なのであり、実は通底しているといってもよい。むしろそれらは同じところから分岐《ぶんき》したものである。それを象徴するのは、柳田国男と田山花袋の「対立」である。柳田が激しく花袋の「私小説」を批判するのと、谷崎が芥川を攻撃するのとは非常によく似ている。それは、彼らの対立よりもむしろ親近性を示しているのである。

ところで、「物語的なもの」とはなにかをみるためには、やはりその配置に注目しなければならない。たとえば、山口昌男は、素戔嗚《すさのお》・日本武尊《やまとたけるのみこと》の記紀神話、『源氏物語』のような物語、『蟬丸』のような謡曲を構造分析して、それらに共通する「モノガタリ」の構造をとり出している。

話を素戔嗚＝日本武尊のレヴェルに戻すならば、この二人の役割は、王権が混沌と無秩序に直面する媒体であったといえる。従って王が中心の秩序を固めることによって、潜在的に、そうした秩序から排除されることによって形成される混沌を生み出して行くように、王子の役割は、周縁において混沌と直面する技術を開発することによって、混沌を秩序に媒介するというところにある。（中略）律令制のもとに完成された位階制の秩序の中で、常人の政治的世界における運動が昇進という名にことよせた求心運動であったのに対し、王子の運動が、神話論的に遠心的な方向、中心からの離脱によって、王国の精神的な境域を拡大する方に向いていたということは、光源氏の物語の主人公としての境遇の中にも反映されている。（「知の遠近法」）

山口昌男は、古代国家が中国から導入した法制度（律令制）によって秩序を確立したとき、その「中心の秩序におさまり切らない諸力（特に暴力的）は、天皇制神話の中に代償作用を見出した。こうして公的な世界を代表する天皇制の宇宙にも民俗的論理が貫かれることになる」というのである。

この分析はおそらく明治二十年代に西洋から導入した法制度が確立された時期にもあてはまるばかりでなく、私は、むしろ日本の「民俗学」そのものがそのようにして出現したのではないかと思う。民俗学とは、明治の「公権力」のために農政学の基礎を確立した官僚であり、「文学界」のプリンスでもあった柳田国男の「貴種流離《きしゅりゅうり》」にほかならないからだ。日本の民俗学が柳田国男の存在をおいて語りえないのはそのためである。そして、柳田の民俗学は、たんなる「反権力」ではありえない。山口昌男がいうように、「王権が秩序の確立ばかりでなく、神話象徴論的次元で反秩序＝混沌を〈なつきつかせる〉装置を組み込んでいる」とするならば、柳田の民俗学それ自体がそのような「装置」のなかにあるといわねばならない。後述するように、この意味で、「私小説的なもの」も「物語的なもの」も、けっして近代文学の制度をくつがえすものではなく、逆にそれを補完し活性化する装置のなかにあるといってよいだろう。

谷崎の小説は、現代を舞台にしている場合でも、基本的にそのような「モノガタリ」の配置を反復している。『痴人の愛』や『卍』を例にとると、主人公は女に対して日常的秩序において上位にあるが、この日常的時間はしだいに澱《よど》み腐敗しはじめる。それが活性化されるためには、日常的には下層にある女を〝貴種〟として転倒させ、彼女の放縦《ほうじゅう》と混沌のなかに屈服し没入する祝祭が不可欠である。こう書けば、谷崎の小説が反復される祭式にほかならないことがわかるだろう。このことは、彼が実際に日本の物語文学に傾倒した事実よりも、重要である。もっと根本的に、彼は「モノガタリ」作家なのだ。

ところで、芥川もまた、佐伯彰一がいうのとはちがった意味で、物語作家だったということができる。そのことは、『羅生門』以来の彼の作品に示されているし、また泉鏡花や柳田国男への彼の関心にも示されている。漱石は芥川の初期作品を評価したが、芥川を漱石のような作家の系譜においてみるのは見当ちがいになるかもしれない。芥川はついに漱石的な意味での「小説」を書いたことがなかったし、「物語」しか書かなかったといえる。しかし、芥川の物語は、谷崎のそれのような祭式的な構造をもっていなかった。たとえば、『羅生門』において、「混沌」への下降があり、『鼻』において、上昇することの居心地の悪さがある。これらは芥川の「階層コンプレクス」（吉本隆明）として読まれてしまうのがつねであるが、しかし物語はもともと〝階級的〟な問題なのである。むしろ芥川の物語に欠如していたのは、上の階級と下の階級が逆転し、「相反するものの一致」が可能になるような配置だったといえる。

こうしてみると、「話」をめぐる芥川と谷崎の論争はまったくべつの相貌《そうぼう》を呈する。谷崎は、芥川の作品に物語をみただけでなく、たぶん『暗夜行路』をも物語として読んだはずである。実際、『暗夜行路』は「私小説」というよりも「物語」的配置をもっており、神話＝祭式的な空間をはらんでいる。この意味では、芥川の「造形的意志」なるものに、知性的なものをみるのは的はずれである。芥川のいわゆる「知性」は、「物語的なもの」を抑制していただけであって、谷崎がそれを馬鹿にしたとしても不思議ではない。

4

「物語」は、小説《ストーリー》でもなければ、小説《フイクション》でもない。物語を書くことは、「構成的意志」とは異質である。物語はパターンであり、それ以外の何ものでもない。それは、私小説的なものと逆説的に一致している。一方に構造しかないとすれば、他方には構造がない。芥川や谷崎がそれぞれ西洋文学を例にとりながら主張していることは、本当は西洋文学と無関係なのだ。逆に、彼らが漱石や鷗外がもったような異和感なしに西洋文学を引用しているところにこそ、いいかえれば大正期のコスモポリタン的雰囲気のなかにこそ、「私小説的なもの」と「物語的なもの」が露出してくることに注目すべきなのである。

ところで、構成力は、物語の「構造」とはまたべつの問題である。たとえば、山口昌男の構造分析においては、神話と物語と劇が同一的にみられている。だが、文学においては、構成的パターンではなく、構成の量的かつ質的な差異こそが問題なのだ。この意味で、構成力は、「モノガタリ」ではなく、文字によって書かれるときにはじめて可能なのである。いいかえると、日本の物語は、もはや神話ではなく、すでに一定の構成力を前提することによってしかありはしなかった。たとえば、古事記は日本書紀のあとから書かれたのである。

谷崎潤一郎はつぎのようにいっている。

　……筋の面白さを除外するのは、小説と云ふ形式が持つ特権を捨てゝしまふのである。さうして日本の小説に最も欠けてゐるところは、此の構成する力、いろ〳〵入り組んだ話の筋を幾何学的に組み立てる才能、に在ると思ふ。だから此の問題を特に此処に持ち出したのだが、一体日本人は文学に限らず、何事に就いても、此の方面の能力が乏《とぼ》しいのではなからうか。そんな能力は乏しくつても差支へない、東洋には東洋流の文学がある、と云つてしまへばそれ迄だが、それなら小説と云ふ形式を択《えら》ぶのはをかしい。それに同じ東洋でも、支那人は日本人に比べて案外構成の力があると思ふ。（少くとも文学に於いては。）此れは支那の小説や物語類を読んでみれば誰でも左様に感ずるであらう。日本にも昔から筋の面白い小説がないことはないが、少し長いものや変つたものは大概支那のを模倣したもので、而も本家のに比べると土台がアヤフヤで、歪《ゆが》んだり曲つたりしてゐる。(「饒舌録」)

谷崎が日本文学における構成力の欠如を、東洋的なもの一般の特徴とみなしていないのは見識である。それは、中国やインドと比較していえるだけでなく、日本と同様に中国の〝周辺文化〟である朝鮮と比べてもはっきりしている。たとえば、儒教は朝鮮において完全に〝肉化〟されているのに対して、日本ではそうではない。仏教にせよ、また仏教哲学の衝撃を儒教的に消化した朱子学にせよ、そうした体系的理論に対しては、日本では最初は熱狂するとしても、次第に持続的関心をうしない、親鸞や伊藤仁斎のように〝実践的〟なものに〝発展〟させられてしまう。マルクス主義についてもそれはあてはまる。

これはどういうことなのだろうか。それについて、私は、日本が極東の島国であり、外国の文化がたんに〝文物《ぶんぶつ》〟として受けいれられるにとどまるような地理的条件をもったからだという、ありふれた答えしかできない。しかし、どんなにありふれているとしても、このことは今もってわれわれが拭《ぬぐ》いさることのない特異な条件なのである。構成力が欠けているということは、構成力をさほど必要としないということであり、また、構成的なものがそのつど〝外〟から導入されたということである。山口昌男の説をふえんしていえば、日本の「公権力」は、外圧をまぬかれているとき、それ自体「村落的世界」のレベルになり、異物を排除してしまうのだといえる。しかし、山口昌男のいう「天皇制の深層構造」は、一般的な記号論的分析によって解消されることはできないのであって、象徴形式としての「天皇制」を存続させてきたのは、地理的な特異性なのだ。実際に、その意味での「天皇制」が近代において機能しはじめるのは、幕末以来の対外的緊張から解放された日露戦後（大正期）であり、「私小説的なもの」や「物語的なもの」こそその徴候なのである。くりかえしていうように、それは排外《はいがい》主義ではなくコスモポリタン的な雰囲気のなかにこそ生ずる。

だが、そのような地理的条件が可能にしたものが、あたかも日本の「思想」であるかのように抽出《ちゆうしゆつ》されるとき、いわば無原理性が原理として定立されるのである。本居宣長がやったのはそのような逆転であった。『源氏物語』について、彼はつぎのようにのべている。

此物語のおほむね、むかしより、説どもあれども、みな物語といふもの、こゝろばへを、たづねずして、たゞよのつねの儒仏などの書のおもむきをもて、論ぜられたるは、作りぬしの本意《ほい》にあらず。たま〳〵かの儒仏などの書と、おのづからは似たるこゝろ、合へる趣《おもむき》もあれども、そをとらへて、すべてをいふべきにはあらず。人かたの趣は、かのたぐひとは、いたく異なるものにて、すべて物語は、又別に物がたりの一つの趣のあることにして、はじめにもいさゝかいへるがごとし。かくて古ル物語は、こゝらあるが中にも、此源氏のは、一きはふかく心をいれて、作れる物にして、そのよしは、猶《なほ》末に別にくはしくいふべし。(『源氏物語玉の小櫛』)

宣長は、『源氏物語』は儒仏の書と似たところもあるけれども、そうではないこと、また『源氏物語』だけでなく、古物語は「一つの趣」をもっており『源氏物語』の作者はそのことをはっきり自覚していたことを主張している。曲亭馬琴を斥けて小説それ自体の「趣」、いいかえれば小説の存在理由を確立しようとした坪内逍遥の『小説神髄』は、この意味で、宣長の考えを受けついでいる。「もののあはれ」のかわりに、「人情」というだけである。

しかし、ここで注意すべきことは、『源氏物語』が儒仏の書と似て非なるものであり、シナの文学とも異質であるとしても、その「構成力」は後者なくしてありえなかったということである。『源氏物語』の構成は、漢文学および密教哲学にもとづいている。これを民俗学的な、あるいは記号論的なアプローチによって解消することは絶対に不可能である。

源氏物語は肉体的力量が露骨に現はれてゐないけれども、優婉哀切な日本流の情緒が豊富に盛り上げられてゐて、首尾もあり照応もあり、成る程我が国の文学中では最も構成的美観を備へた空前絶後の作品であらう。しかし馬琴の八犬伝になると、支那の模倣であるばかりか大分土台がグラついて来る。（谷崎潤一郎「饒舌録」）

谷崎のいう『源氏物語』の「構成的美観」あるいは「肉体的力量」は、漢文学なくしてはありえなかった。宣長は、まるで「構成力」一般が漢意《からごころ》であるかのようにいいがちであるが、実は儒仏の「観念」を斥けたとしても、それがもっている構成力なくしては『源氏物語』はありえなかった。のみならず、和文でつづられた宣長の文章の論理的骨格の確かさは、彼が排撃した漢学にもとづいているといってよい。構成的なものへの嫌悪は、それが「原理」たりうるには、やはり構成力を必要とするのだ。『源氏物語』の特異性は、それが内部に「モノガタリ」のパターンをもっているだけではなく、〝公的な〟ものとしての漢文学の構成力をとりこみながら、まさにそのなかでそれを逆転しようとしたところにある。『源氏物語』は、二重の意味で「物語」的なのである。

「『話』のない小説」論争を症候として読むとき浮かび上ってくるのは、芥川によって、また今日の私小説への再評価においていわれるような「世界的同時性」ではなくて、そのような「物語」にほかならない。こうして、「没理想」論争と、「『話』のない小説」論争は一つの円環《えんかん》を結んでいる。前者が「文学」を制度的に確立しようとするものだとすれば、後者はそれに対する不可避的なリアクションである。しかし、「私小説的なもの」と「物語的なもの」は、制度にたんに対立するものではなく、むしろそれを〝活性化〟するものである。事実また、それらの文学は、そのような両義性のゆえにこそ依然として活力をもちつづけている。

小林秀雄はいっている。《私小説は亡びたが、人々は「私」を征服したらうか。私小説は又新しい形で現れて来るだらう。フロオベルの「マダム・ボヴァリーは私だ」といふ有名な図式が亡びないかぎりは》(「私小説論」)。しかし、こういうい方は馬鹿げている。われわれはこう問わねばならない。物語は亡びたが、人々は「物語」を征服したろうか、と。

あとがき

本書につけ加えるべきことはとくにないが、〝ありうべき誤解をさけるために一言〟いっておきたい。それは、『日本近代文学の起源』というタイトルにおいて、実は、日本・近代・文学といった語、さらにとりわけ起源という語にカッコが附されねばならないということである。本書は、そのタイトルが指示するような「文学史」ではない。「文学史」を批判するためにだけ文学史的資料が用いられているのである。だから、本書がもう一つの「文学史」として読まれてしまうとしたら、私は苦笑するだろう。しかし、本書を回避したところに生きのびるだろう批評的言説に対しては、憫笑するだけである。

本書の輪郭は、一九七五年秋イェール大学で明治文学史のセミナーをやったとき、ほとんど考えられていた。たぶんそのような〝場所〟でだけ考えることができたのだろう。しかし、それを書くのはまたべつのことであって、五年間もこんな仕事をつづけることになるとは思ってもみなかった。もっとも私は急ぎはしなかったし、またこの仕事がどこかで〝終る〟とも思っていない。だから、それにふさわしい舞台を提供して下さった「季刊藝術」の江藤淳氏、富永京子氏に感謝している。また、「季刊藝術」の休刊後は、「群像」の内藤裕之氏の御世話になり、本にするにあたって、「マルクスその可能性の中心」と同様、渡辺勝夫氏の御世話になった。厚く感謝する。

柄谷行人

一九八〇年七月

著者から読者へ

ポール・ド・マンのために

柄谷行人

私が本書の大半を構想したのは、一九七五年から七六年末にいたるまで、イェール大学で日本文学を教えていたころである。その糸口は、七五年の秋にやった明治文学史のセミナーにあった。外国人に日本文学を教えるというのは、私にとってはじめての経験だったが、そもそも日本文学について教えるということ自体がはじめてだった。明治文学を選んだのは、この機会に近代文学について根本的に考え、のみならず、それまでの自分の批評そのものを検討してみようと思ったからである。むろん、それは文学の領域にとどまらなかった。私は書くのを一切やめていたし、たっぷり時間があった。何もかも基礎からやり直してやろうという気持になったのである。それは、半ばやけくその、しかし底抜けに透明な気分だった。

山口昌男氏が、この本の裏表紙に推薦文を書いてくれたのだが、そのなかに、つぎのような条りがある。《柄谷行人氏の方法は、すべてを根源的に疑ってかかるという現象学のそれにもとづいている。その結果その仕事は、文学が成立して思考の枠組みとなる過程についての精神史であり、文学的風景の記号論という性格を同時に帯びるに至った》。

といっても、私はこの時期「現象学」についてほとんど知らなかった。しかし、外国にあって、外国語を話し、外国語で考えるということは、大なり小なり「現象学的還元」を強いるものである。つまり、自分自身が暗黙に前提している諸条件を吟味することを強いる。だから、山口氏がいう「現象学」とは、フッサールを読んで得られる方法のごときものではなくて、いわば異邦人として在ることなのだと思う。

私はそれまで必ずしも理論的なタイプではなかった。しかし、自分の感性そのものを吟味するとすれば、「理論的」であるほかない。このころ、私はロンドンで「文学論」を構想していた漱石と同年（三十四歳）であることを発見して、静かな興奮を覚えたことを記憶している。そして、漱石があんな仕事をやらねばならなかったことがとてもよく理解できるように思えた。「風景の発見」という序章を、漱石のことから書きはじめたのはそのためである。

漱石は孤立していた。彼のやろうとしていたことを理解する者は、当時のロンドンにも日本にもいなかった。しかし、私はそれほど孤立してはいなかった。同じキャンパスに、のちにイェール学派と呼ばれ、ディコンストラクショニストと呼ばれるにいたる新しい批評が、まだ地味であったけれども、それだけ静かな熱気を帯びて胎動していたからである。私は直接に彼らの影響を受けてはいない。ただ、彼らとの交通が私を刺激し勇気づけたことは確かである。

とりわけ、ポール・ド・マンと知りあったことは、私にとって大きかった。戦後ベルギーから渡ってきて、一冊の本しか出版していない、この謎めいた「異邦人」と出会っていなかったとしたら、そして彼に励まされていなかったとしたら、私は、現在にいたるような仕事をやりつづけられなかったと思う。しかし、私がここでそのことを強調するのは、故ド・マンの名声のためではなく、彼が今その「異邦人」性のゆえに蒙りつつある不名誉のためにである。すなわち、彼が二十歳のころ、ベルギーで、親ナチの新聞に反ユダヤ主義的な批評を書いていたことが暴露され、それによって彼の批評が決定的に葬られようとしているからである。

私は、ド・マンとの対話から彼にそういう過去があることをある程度推測していた。むしろ、私がデリダやその他の思想家ではなく、ド・マンに惹かれていたのは、そのためだったといってもよい。たとえば、私は、彼のなかに漱石の『こゝろ』の先生に似たものを感じていた。つまり、彼はある経験を誰にも語らなかったが、その意味を執拗に問いつづけてきたのではなかったか。彼の批評は、禁欲的なまでに形式的であった。彼が一貫して語りつづけたのは、一言でいえば、言葉が書き手の意図を裏切って別のことを意味してしまうということであった。だが、この倫理的問題を、彼は論理的にほとんど「証明」するかのように語ったのである。

ディコンストラクショニストだけでなく、現代の哲学者や批評家は、すべて「言語」に焦点をすえる。もちろん、そこに倫理的な視点がないわけではない。たとえば、デリダの場合、テクスト（エクリチュール）へのいかなる解釈も決定不能性に導かれることを示すことは、いわば聖書（エクリチュール）を人間的に解釈することを却ける思考と暗黙につながっている。つまり、現代的な意匠と文脈のなかで、いわばユダヤ教的な問題が問われているのであって、それはたんなる言語哲学やテクスト理論とは異質なのである。

だが、ド・マンの批評はそれとも異質であった。言葉は意味してしまう。それを書き手は統御できないし、予測することもできない。ド・マンにとって、そのことは、言葉（テクスト）を解放してやること、あるいはそれを快楽（バルト）として体験することになるのではなかった。彼はそれを不可避的な「人間の条件」として見いだしたのだ。私が漱石の『こゝろ』に似ているといったのは、この「暗さ」だった。だが、また私が励まされたのは、ここからくる彼のヒューモアだった。こういうことに比べれば、「近代の批判」などとるにたらない。

一九七〇年代の半ばに、大きな転換期があったことは明らかである。日本の近代文学の起源について考えていたとき、私は、日本の同時代の文学のことをまったく考えていなかった。しかし、日本に帰って、文芸時評（『反文学論』所収）をはじめた時、そこに近代文学が決定的に変容する光景を見いだした。一つの特徴をいえば、それは、「内面性」を否定することだったといえる。文学といえば、暗くどろどろとした内面といった一方的なイメージが、この時期に払拭された。別の側からいえば、それは意味や内面性を背負わない「言葉」が解放されたということである。それは、「風景の発見」によって排除されたものが復権されたということだ。言葉遊び、パロディ、引用、さらに物語、つまり、近代文学が締め出した全領域が回復しはじめたのである。

私のこの本も、結局そういう流れ（ポストモダニズム）のなかに属していることが、今からふりかえってみるとよくわかる。むろん、それはこの流れを加速させたものでもあった。その意味でなら、本書の役割はもう終ったというべきであろう。しかし、私の関心事はそういうことにあるのではなかった。つまり、近代の批判や近代文学の批判などにあるのではなかった。それは、言葉によって在る人間の条件の探究にある。誰もそれを逃れることはできない。われわれは、そのことを痛切に感じることになるだろう。私はあらためて本書をポール・ド・マンに捧げたい。

一九八八年三月二十五日

年譜

柄谷行人

一九四一年（昭和一六年）
八月六日、兵庫県尼崎市南塚口町に生まれる。本名は善男。
一九四八年（昭和二三年）七歳
四月、尼崎市立上坂部小学校に入学。
一九五四年（昭和二九年）一三歳
三月、尼崎市立上坂部小学校を卒業。四月、私立甲陽学院中学校に入学。
一九五七年（昭和三二年）一六歳
三月、私立甲陽学院中学校を卒業。四月、私立甲陽学院高等学校に進学。
一九六〇年（昭和三五年）一九歳
三月、私立甲陽学院高等学校を卒業。四月、東京大学文科一類に入学。安保闘争に参加。ブント（共産主義者同盟）に入る。
一九六一年（昭和三六年）二〇歳
三月、ブントが解散。社学同（社会主義学生同盟）を再建する。その後、運動から離れる。
一九六二年（昭和三七年）二一歳
四月、東京大学経済学部に進学。
一九六五年（昭和四〇年）二四歳
三月、東京大学経済学部を一年留年して卒業。四月、東京大学大学院人文科学研究科英文学専攻課程に入学。ゼミはフォークナー研究で著名な大橋健三郎氏。

一九六六年（昭和四一年）　二五歳
五月六日、「思想はいかに可能か」が第一一回五月祭賞の評論部門の佳作として『東京大学新聞』に掲載される。筆名は原行人。

一九六七年（昭和四二年）　二六歳
三月、東京大学大学院人文科学研究科英文学専攻課程を修了。修士論文“Dialectic in Alexandria Quartet”を提出する。四月、國學院大学非常勤講師となる。五月一五日、「新しい哲学」が第一二回五月祭賞の評論部門の佳作として『東京大学新聞』に掲載される。筆名は柄谷行人。この頃、中上健次を知る。一二月、「『アレクサンドリア・カルテット』の弁証法」を『季刊　世界文学』に発表。

一九六八年（昭和四三年）　二七歳
四月、日本医科大学専任講師となる。

一九六九年（昭和四四年）　二八歳
五月、「〈意識〉と〈自然〉―漱石試論」が、第一二回群像新人文学賞（評論部門）の受賞作として『群像』6月号に掲載される。一〇月、「江藤淳論―天の感覚」を『群像』11月号に発表する。

一九七〇年（昭和四五年）　二九歳
三月二三日、「大江、安部にみる想像力と関係意識―自己消滅への衝迫力」を『日本読書新聞』に発表。四月、法政大学第一教養部専任講師に就任する。六月二二日、「『実践』とは何か―生存本質への〈畏れ〉」を『日本読書新聞』に、七月、「自然過程論」を『情況』8月号に発表。同月、「〈文芸季評〉」を『季刊芸術』で連載開始（～9月号）。九月、「錯乱をみつめる眼―古井由吉『男たちの円居』」を『文芸』10月号に、一〇月、「自立論の前提」を『現代の眼』11月号に、「芥川における死のイメージ」を『國文學』11月号に、一一月二日、「思想体験の継承　国家・民族・神話」を『日本読書新聞』（アンケート）に、一二月、「読者としての他者―大江・江藤論争」を『國文學』1月号に発表。

一九七一年（昭和四六年）三〇歳

一月、共著『現代批評の構造』を思潮社から刊行。ジョージ・スタイナー「オルフェウスとその神話―クロード・レヴィ＝ストロース論」（翻訳）、「現代批評の陥穽―私性と個体性」を『現代批評の構造』に発表。三月、「閉ざされたる熱狂―古井由吉論」を『文芸』4月号に発表。四月、法政大学助教授となる。同月九日、一〇日、「内面への道と外界への道」を『東京新聞』夕刊に連載。六月、「批評家の『存在』」を『文學界』7月号に、「発語と沈黙―吉本隆明における言語」を『國文學』7月号に、「高橋和巳の文体」を『海』7月号に、七月、「内側から見た生―『夢十夜』論」を『季刊芸術』夏号に、九月、「漱石の構造―漱石試論序章」を『國文學』臨時増刊号に発表。一一月一日、「六十年以降の文学状況―精神の地下室の消滅」を『日本読書新聞』に発表。一二月、「真理の彼岸―武田泰淳『富士』」を『文芸』1月号に、「埴谷雄高における夢の呪縛」を『國文學』1月号に発表し、「一頁時評」を『文芸』1月号から連載（〜12月号）。

一九七二年（昭和四七年）三一歳

一月、「心理を超えたものの影―小林秀雄と吉本隆明」を『群像』2月号に発表。二月、『畏怖する人間』を冬樹社から刊行。三月、「サドの自然概念に関するノート」を『ユリイカ』4月号に、六月五日、「淋しい『昭和の精神』」を『日本読書新聞』に、同月、「知性上の悪闘」を『國文學』臨時増刊号に、七月、「夢の世界―島尾敏雄と庄野潤三」を『文學界』8月号に、八月、「場所と経験」を『新潮』9月号に、「小川国夫『試みの岸』―省略のメタフィジック」を『文學界』9月号に、一〇月、「私小説の両義性―志賀直哉と嘉村礒多」を『季刊芸術』秋号に発表。一二月、「芥川龍之介における現代―『藪の中』をめぐって」を『國文學』臨時増刊号に発表、エリック・ホッファー著『現代という時代の気質』を柄谷真佐子との共訳で晶文社から刊行。「E・ホッファーについて」を「現代という時代の気質」に発表。

一九七三年（昭和四八年）　三二歳

二月、「マクベス論―悲劇を病む人間」を『文芸』3月号に、三月、「人間的なもの―今日の小説の衰弱について」を『海』4月号に、五月一七日、「平常な場所での文学」を『東京新聞』夕刊に、同月二二日、「マルクスへの視覚―掘立小屋での思考」を『日本読書新聞』に、七月、「『一族再会』について」を『季刊芸術』夏号に、「時代との結びつき」を『群像』8月号に、八月一六日、「ものと観念」を『東京新聞』夕刊に発表。夏にヨーロッパへ旅行。一一月、「無償の情熱―北原武夫」を『文芸』12月号に発表。一二月四日、「生きた時間の回復」を『東京新聞』夕刊に発表し、同月、「柳田国男試論」を『月刊エコノミスト』1月号から連載（～12月号）。

一九七四年（昭和四九年）　三三歳

一月、「マルクスの影」を『ユリイカ』2月号に、二月、「寒山拾得考」を『文學界』2月号に、二月、「歴史と自然―鷗外の歴史小説」を『新潮』3月号に発表。三月、「マルクスその可能性の中心」を『群像』4月号から連載（～9月号）。五月、「自作の変更について」を『法政評論』1号に、「牧野信一における幻想と仮構」を『國文學』6月号に発表。一二月、「遠い眼・近い眼」を『群像』1月号に、「柳田国男の神」を『國文學』1月号に発表。

一九七五年（昭和五〇年）　三四歳

二月、『意味という病』を河出書房新社から刊行。四月、法政大学教授となる。同月、

「現実について―『日本文化私観』論」を『文芸』5月号に、「人を生かす思想―江藤淳」を『國文學』5月号に、六月、「自然について―続『日本文化私観』論」を『文芸』7月号に発表。九月より一九七七年一月までイェール大学東アジア学科客員教授として講義。一一月、「思想と文体」(中村雄二郎との対談)を『現代思想』12月号に発表。

一九七六年(昭和五一年) 三五歳

一月、ポール・ド・マンの要請で"Interpreting Capital"を執筆。八月、ヨーロッパへ旅行。

一九七七年(昭和五二年) 三六歳

一月、「歴史について―武田泰淳」を『季刊芸術』冬号に発表。二月、帰国。三月二八日、二九日、「文芸時評〈上〉〈下〉」を『東京新聞』夕刊に連載。同月、「感じることと考えること」を『文芸』4月号に、八月、「地底の世界―『漱石論』再考」を『文体』創刊号に発表。九月、「マルクスの系譜学―予備的考察」を『展望』10月号に発表し、「貨幣の形而上学―マルクスの系譜学」(二回目以降は「マルクスの系譜学―貨幣の形而上学」)を『現代思想』10月号から連載(~七八年2月号)。一〇月、「作品と作者の距離」を『國文學』11月号に、一二月、「アメリカについて」(安岡章太郎との対談)を『群像』1月号に発表。

一九七八年(昭和五三年) 三七歳

二月、「反動的文学者」を『群像』3月号に、四月、「漱石と文学」を『國文學』5月号に発表。七月、「風景の発見―序説」を『季刊芸術』夏号に、「唐十郎の劇と小説」を『海』8月号に、「『門』について」を夏目漱石『門』(新潮文庫)に発表、『マルクスその可能性の中心』を講談社から刊行。八月、「梶井基次郎と『資本論』」を『新潮』9月号に発表し、九月、「手帖」を『カイエ』10月号から連載（〜七九年12月号）。一〇月、「内面の発見」を『季刊芸術』秋号に発表。一一月、『マルクスその可能性の中心』で第一〇回亀井勝一郎賞を受賞。一二月、「私小説の系譜学」を『國文學』1月号に、「時評家の感想」を『文芸』1・2月合併号に発表し、コラム「街の眺め」を『群像』1月号から連載（〜七九年6月号）。

一九七九年（昭和五四年）　三八歳

一月、「告白という制度」を『季刊芸術』冬号に、二月、「交通について」を『現代思想』3月号に発表。四月、『反文学論』を冬樹社から刊行。六月、「文体について」を『文体』夏季号に発表。同月、「仏教について——武田泰淳の評論」を『武田泰淳全集』第一七巻の解説として発表。七月、「病という意味」を『季刊芸術』夏号に、同月、「占星学のこと」を『言語生活』8月号に発表、九月、『小林秀雄をこえて』（中上健次との共著）を河出書房新社から刊行。一〇月、「根底の不在—尹興吉『長雨』について」を『群像』11月号に、一一月、「安吾、理性の狂気」を『國文學』12月号に発表。一二月、「児童の発見」を『群像』1月号に発表。「内省と遡行」を『現代思想』1月号から連載（〜八〇年7月号）。

一九八〇年（昭和五五年）　三九歳

三月、「ツリーと構成力」（寺山修司との対話）を『別冊新評』に発表。四月、「構成力について—二つの論争」を『群像』5月号に、五月、「続構成力について」を『群像』6月号に、七月、「場所についての三章」を『文芸』8月号に発表。八月、『日本近代文学の起源』を講談社から刊行。九月から翌年三月まで、イェール大学比較文学科客員研究員。一二月、「隠喩としての建築」を『群像』1月号から連載（〜八一年8月号）。

一九八一年（昭和五六年）　四〇歳

三月、帰国。四月六日、「八〇年代危機の本質」を『毎日新聞』夕刊に、五月一八日、「言語・貨幣・国家―私的な状況論」を『日本読書新聞』に発表。七月、「アメリカから」を『文芸』8月号に、「中上健次への手紙」を『韓国文芸』に、八月、「小島信夫論」を『新潮現代文学37小島信夫』に、「形式化の諸問題」を『現代思想』9月号に、「検閲と近代・日本・文学―柳田国男にふれて」を『中央公論』9月号に、「内輪の会」を『新潮』9月号に、「ある催眠術師」を『文學界』9月号に発表。九月、「安吾はわれわれの『ふるさと』である」を講談社版『坂口安吾選集』内容見本に発表、同月一一日、コラム「新からだ読本」①〜⑫を『読売新聞』夕刊に連載（〜九月二八日）。一〇月、「外国文学と私・歌の別れ」を『群像』11月号に、「六〇年代と私」を『中央公論』臨時増刊号に、一一月、「外国文学と私・外国文学者の悲哀」を『群像』12月号に、「『現代思想』と私」を『現代思想』12月号に、一二月、「『草枕』について」を夏目漱石『草枕』（新潮文庫）に、「サイバネティックスと文学」を『新潮』1月号に発表、「一頁時評」を『文芸』1月号から連載（〜八二年11月号）。

一九八二年（昭和五七年）　四一歳

一月、「凡庸なるもの」を『新潮』2月号に、二月、「建築への意志・『言語にとって美とはなにか』を読む」を『野生時代』3月号に、「鏡と写真装置―予備的考察」を『写真装置』4号に、「丸山圭三郎『ソシュールの思想』―言語という謎」を『中央公論』3月号に、四月、「『反核アピールについて』再論」を『話の特集』5月号に発表。五月、「受賞の頃―ある錯乱」を『群像』6月号に、「伝達ゲームとしての、思想」を『翻訳の世界』6月号に、六月七日、「制度としての『癌』意識—ソンタグ著『隠喩としての病』にふれて」を『週刊読書人』に、八月一二日、「核時代の不条理」を『朝日新聞』に発表。

一九八三年（昭和五八年）四二歳

三月二日、「私と小林秀雄」を『朝日新聞』夕刊に、同月、「懐疑的に語られた『夢』」を『ユリイカ』4月号に発表、「言語・数・貨幣」を『海』4月号から連載（〜10月号）。四月、「ブタに生れかわる話」を『群像』5月号に、五月、「凡庸化するための方法」を『はーべすたあ』6月号に、七月、「文化系の数学」を『数学セミナー』8月号に発表。八月、「物語のエイズ」を『群像』9月号に発表。九月から翌年三月までコロンビア大学東アジア学科客員研究員。

一九八四年（昭和五九年）四三歳

二月、メキシコへ旅行。四月、帰国。五月、対話集『思考のパラドックス』を第三文明社から刊行。六月、「ポール・ド・マンの死」を『群像』7月号に、九月一〇日、「モダニティの骨格」を『日本読書新聞』に、同月、「奇蹟的な作品」を森敦『意味の変容』付録「『意味の変容』ノオト」（筑摩書房）に発表、一〇月、「批評とポスト・モダン」を『海燕』11月号から連載（〜12月号）。一二月、「無作為の権力」を『文芸』1月号に発表、「探究」を『群像』1月号から連載（〜八八年10月号）。

一九八五年（昭和六〇年）四四歳

一月八日、「テクノロジー」を『朝日新聞』夕刊に発表、一月、「物語をこえて」を『國文學』3月号に、「日本文化の系譜学」（"Genealogie de la culture Japonaise" ）を中村亮二の訳で Magazine litteraire—1935 March に発表。五月、『ポスト・モダニズム批判—拠点から虚点へ』（笠井潔との対話集）を作品社から、『内省と遡行』を講談社から刊行。八月一三日、「アジア・ブームの中で—日本のオリエンタリズム」を『読売新聞』夕刊に発表、一〇月、インタビュー集『批評のトリアーデ』をトレヴィルから刊行。

一九八六年（昭和六一年）四五歳

一月、パリ、エコールノルマルで講演（"Postmodern and Premodern in Japan"）。二月、「注釈学的世界—江戸思想序説」を『季刊文芸』に連載（春季号〜秋季号・未完）。四月、「柳田国男」を『言論は日本を動かす』第三巻（講談社）に発表。"Un Esprit, Deux XIXe Siècles"「一つの精神、二つの十九世紀」（Cahiers pour un temps）を中村亮二訳で発表。同論文はのちに『現代思想』臨時増刊号「ポストモダンと日本」（八七年一一月）に掲載され、"Postmodernism and Japan" The South Atlantic Quarterly 1988に収録される。一〇月、「精神の場所—デカルトと外部性」を『ORGAN』創刊号に発表、一二月、『探究I』を講談社から刊行。パリ、ポンピドー・センターで蓮實重彦・浅田彰とシンポジウムに出席。

一九八七年（昭和六二年）四六歳

四月、ボストンの「ポストモダンと日本」をめぐるワークショップで共同討議。アメリカでデューク大学出版局から刊行されたワークショップの模様は、『現代思想』臨時増刊号「ポストモダンと日本」（八七年一一月）に掲載。六月、群像新人文学賞選考委員になる。九月七日、「昭和を読む」を五回にわたって『読売新聞』夕刊に連載（〜九月一一日）。同月、「『貴種と転生』四方田犬彦—物語と歴史」を『新潮』10月号に、「個別性と単独性」を『哲学』創刊号に発表。一二月、「固有名をめぐって」を『海燕』に断続的に六回連載（〜八九年12月号）する。

一九八八年（昭和六三年）四七歳

四月、デューク大学で講演。五月、雑誌『季刊思潮』(思潮社)を鈴木忠志、市川浩と創刊。「ポストモダンにおける『主体』の問題」を『季刊思潮』創刊号に発表。同月、『闘争のエチカ』(蓮實重彥との対話集)を河出書房新社から刊行。○月、「ライプニッツ症候群―吉本隆明論」を『季刊思潮』2号に、一一月、「堕落について―坂口安吾『堕落論』」を『新潮』12月号に、「中野重治と転向」を『中央公論文芸特集』冬季号に発表。一二月、野間文芸新人賞の選考委員になる。同月、「死なない問題」を『海燕』1月号に、「ライプニッツ症候群―西田哲学」を『季刊思潮』3号に発表。

一九八九年(昭和六四年・平成元年)四八歳

一月一日、「天皇と文学」を『共同通信』に、三月、「〈漱石〉とは何か」(三好行雄との対談)を『國文學』4月号に発表。五月、カリフォルニア大学サンディエゴ校で講演("On Conversion")。同月、「小説という闘争―中上健次の『奇蹟』を読む」を『群像』6月号に発表。六月、『探究Ⅱ』を講談社から刊行する。同月、「漠たる哀愁」を『海燕』7月号に、「近代日本の批評　昭和前期Ⅰ」を『季刊思潮』5号に、七月三日、「『日本』に回帰する文学」を『朝日新聞』夕刊に発表。九月、「死者の眼」を『群像』10月号に、「近代日本の批評　昭和前期Ⅱ」を『季刊思潮』6号に、「他者とは何か」(三浦雅士との対談)、「柄谷行人年譜」を『國文學』10月号に、一一月、「文学のふるさと」(島田雅彦との対談)を『新潮』12月号に、一二月、「死語をめぐって」を『文學界』1月号に、「漱石とジャンル―漱石試論Ⅰ」を『群像』新年号に発表。

一九九〇年(平成二年)四九歳

一月八日、「『歴史の終焉』について」を『読売新聞』夕刊に連載(~一二日)。二月、「歴史の終焉について」を『季刊思潮』8号に発表。この号で『季刊思潮』は終刊。五月、新潟の安吾の会で講演。中上健次・筒井康隆らと文芸家協会を脱退。同月、「六十年」を『海燕』6月号に、六月、「やめる理由」を『すばる』7月号に、「大江健三郎について—『終り』の想像力」（笠井潔との対談）を『國文學』7月号に、七月、「安吾の『ふるさと』」を『文學界』8月号に発表。五月から一ヵ月、カリフォルニア大学アーヴァイン校にProfessor in residenceとして滞在。九月から一二月までコロンビア大学東アジア学科客員教授としてニューヨークに滞在、講義。一一月、「『謎』としてとどまるもの」を島尾敏雄『贋学生』（講談社文芸文庫）に発表、『終りなき世界』（岩井克人との対談）を太田出版から刊行。一二月、「手紙」を『現代思想』1月号に、「ナショナリズムとしての文学」を『文學界』1月号に発表。

一九九一年（平成三年）　五〇歳

一月、湾岸戦争反対の活動をする。三月、浅田彰とともに季刊誌『批評空間』（福武書店）を創刊。「『日本近代文学の起源』再考」を『批評空間』に連載する（〜六月・2号）。同月、「『湾岸』戦時下の文学者」を『文學界』4月号に発表。四月、「国家は死滅するか」を『現代思想』5月号に発表。五月、ロサンジェルスで開催されたANY会議で講演、パネル。同月、「『批評』とは何か」（小森陽一・柘植光彦との座談会）を『國文學』6月号に発表。八月、比較文学会世界大会シンポジウム（青山学院）で講演（"Nationalism and ecriture"）。九月、「俳句から小説へ—子規と虚子」を『國文學』10月号に、一〇月、「テクストとしての聖書」を『哲学』11月号に発表。一一月三日、東京大学駒場キャンパスでの国際シンポジウム「ミシェル・フーコーの世紀」で講演（「『牧人＝司祭型権力』と日本」）。同月、「双系制をめぐって」を『文學界』12月号に、「路地の消失と流亡」を『國文學』12月号に発表。一二月、「日本精神分析」を『批評空間』4号から連載（〜九三年三月）。

一九九二年（平成四年）　五一歳

一月、NHKで川村湊・リービ英雄・岩井克人との座談会。その後、一月から五月までコーネル大学 society for the humanities に滞在。三月、酒井直樹との共同講義『探究Ⅰ』を講談社学術文庫から刊行。四月初旬、AAS（全米アジア学会）で講演（「日本のファシズムと美学」）。同月、「現代文学をたたかう」（高橋源一郎との対談）、「漱石論」を『群像』5月臨時増刊号「柄谷行人&高橋源一郎」に発表。五月、帰国。中上健次を見舞う。六月、大分県湯布院で開催されたANYの会議で発表、パネル。八月七日、勝浦の病院に中上健次を見舞う。同月一二日、中上健次死去。同月二二日、中上健次の告別式で葬儀委員長を務める。九月、追悼「朋輩 中上健次」を『文學界』10月号に、「中上健次・時代と文学」（川村二郎との対談）を『群像』10月号に発表。一〇月、『漱石論集成』を第三文明社から刊行。一〇月、「フーコーと日本」（レプレザンタシオン）を発表。一一月、比較文学会国際大会で講演（「エクリチュールとナショナリズム」）。一二月、雑誌“Social Discourse”（モントリオール大学）でダルコ・スーウィンを編集、「非デカルト的コギト」を発表。同月、『探究Ⅲ』を『群像』新年号から隔月連載（〜九六年9月号）。

一九九三年（平成五年）　五二歳

一月、「坂口安吾・その可能性の中心」（関井光男との対話）を『国文学 解釈と鑑賞』2月号に、二月、「キューバ・エイズ 60年代・映画・文芸雑誌」（村上龍との対談）を『國文學』3月号に、「友愛論」（富岡多恵子との対談）を『文學界』3月号に、「夏目漱石の戦争」（小森陽一との対話・九二年八月末収録）を『海燕』3月号に、三月、「文学の志」（後藤明生との対話）を『文學界』4月号に発表。「新人作家の条件」を『海燕』4月号のアンケートに寄稿。六月五日、バルセロナで開催されたANY会議で講演、パネル。六月、フレドリック・ジェイムソンの立教大学講義でコメンテーターを務める。七月、「解説」を中上健次『地の果て至上の時』（新潮文庫）に発表する。八月三日、熊野大学シンポジウム「『千年』の文学―中上健次と熊野」に参加。同月、「『小説』の位相」を中上健次『化粧』（講談社文芸文庫）に発表。『ヒューモアとしての唯物論』を筑摩書房から刊行する。九月、「韓国と日本の文学」を第二回日韓作家会議で講演。同月、「差異の産物」を『新潮』10月号に、一一月、「E・W・サイード『オリエンタリズム』」を『國文學』臨時増刊号に、「『マルクス』への転向」（インタビュー）を『海燕』12月号に発表。一二月、「被差別部落の『起源』―『日本精神分析』補遺」、「中上健次をめぐって」（蓮實重彦・浅田彰・渡部直己との座談会）を『批評空間』12号に発表。

一九九四年（平成六年）　五三歳

一月から三月まで、コロンビア大学で講義。一月五日、「真に内発的であるために」を『東京新聞』夕刊に、二月、「第三種の遭遇」を『すばる』3月号に発表し、『〈戦前〉の思考』を文藝春秋から刊行。三月、第Ⅱ期『批評空間』を太田出版から創刊。「美術館としての日本―岡倉天心とフェノロサ」を発表。同月、「交通空間についてのノート」を『Anywhere』に、「カント的転回」を『現代思想』臨時増刊号に発表。四月、近畿大学文芸学部大学院研究科の客員教授となる。同月三日、ボストンで開かれたAASで講演、パネル（「差別をめぐるシンポジウム」）。同月、

「神話の理論と理論の神話」（村井紀との対談）を『國文學』5月号に発表。五月、「『戦前』の思考を巡って」（インタビュー）を『すばる』6月号に、六月、「戦後文学の『まなざし』」（紅野謙介によるインタビュー）を『海燕』7月号に発表。同月、モントリオールで開催されたANY会議で講演、パネル。八月三日、熊野大学シンポジウム「差異／差別、そして物語の生成」に浅田彰、渡部直己ほかと参加。同月、「三十歳、海へ」を『中上健次全集』第三巻の「解説」に執筆。同月、「中野重治のエチカ」（大江健三郎との対談）を『群像』9月号に発表。九月、アレックス・デミロヴィッチと対話（『情況』）。同月、「差異／差別、そして物語の生成」（渡部直己・浅田彰・奥泉光とのシンポジウム）を『すばる』10月号に発表。一〇月二〇日、「日本にも『小説』はある」を『読売新聞』夕刊に発表。一〇月から一一月にかけて、「柄谷行人『集中』インタビュー」特集のため、「『啓蒙』はすばらしい」（インタビュー・坂本龍一）、「共同体・世界資本主義・カント」（インタビュー・奥泉光）、「『柄谷的』なもの」（インタビュー・金井美恵子）を受ける（翌年『文學界』2月号に掲載）。一一月、デューク大学で開催されたグローバリゼーションをめぐる国際会議で講演。同月、大江健三郎について『読売新聞』に発表。一二月、「文学と思想」（蓮實重彦との対談）を『群像』1月号に発表。この年、済州島で開催された日韓作家会議で講演。

一九九五年（平成七年）　五四歳

一月、福田恆存追悼「平衡感覚」を『新潮』2月号に、二月、「『物自体』について」を『Anyway』に発表。四月、カリフォルニア大学アーヴァイン校で三日間のワークショップに参加。ジャック・デリダが、柄谷の提出した二論文 “Ecriture and Nationalism” “Non-

Cartesian Cogito"について発表。同月、「世界と日本と日本人」(大江健三郎との対談)を『群像特別編集』に発表。同月、ワシントンで開催されたAASで発表。同月二一日、妻冥王まさ子(本名・柄谷真佐子)がカリフォルニア州サクラメントで病院で死去。二三日、サクラメントで葬儀。五月、立命館大学で講演(「中上健次について」)。六月、『中上健次全集』刊行シンポジウム(集英社)に出席。同月、ソウルで開催されたANY会議で講演、パネル。同月、「中上健次とフェミニズム」を『すばる』7月号に、「いかに対処するか―柄谷行人氏に聞く」(石原千秋のインタビュー)を『國文學』7月号に発表。七月、近畿大学大学院で「宗教について」講義する。一〇月、「歴史における反復の問題」を『批評空間』第Ⅱ期7号に、「フォークナー・中上健次・大橋健三郎」を『フォークナー全集27』に発表、"Architecture as Metaphor"(MIT Press)を刊行。同月二八日、自由の森学園で講演。一一月四日、早稲田大学早稲田祭で講演。同月一六日、松江で開催された日韓作家会議で講演「責任とは何か」を話す(後に『すばる』に掲載)。同月二三日、京都大学一一月祭の「京都学派」シンポジウムで大橋健三郎・浅田彰とパネル。一二月、「柄谷行人特集」(『国文学 解釈と鑑賞 別冊』)に「批評のジャンルと知の基盤をめぐって」(関井光男のインタビュー)を発表。

一九九六年(平成八年) 五五歳

二月、『坂口安吾と中上健次』を太田出版から刊行。三月、『日本近代文学の起源』のドイツ語訳刊行。同月、ケルンとフランクフルトで講演。四月、「表象と反復」をカール・マルクス『ルイ・ボナパルトのブリュメール一八日』(太田出版)に、「解説」を冥王まさ子『天馬空を行く』(河出文庫)に、「20世紀の批評を考える」（絓秀実・福田和也との座談会）を『新潮』5月号に発表。六月、『坂口安吾と中上健次』で第七回伊藤整賞を受賞。小樽での授賞式に出席。同月、「言葉の傷口」（多和田葉子との対談）を『群像』7月号に発表。七月、短歌の会で岡井隆と対談。九月から一二月まで、コロンビア大学で講義（「責任と主体」）。九月、「戦後の文学の認識と方法」（大江健三郎との対談）を『群像』10月号（創刊五〇周年記念号）に発表。一〇月、モントリオール大学で開催された「柄谷行人をめぐる国際シンポジウム」で講演。同月、コロンビア大学比較文学科で講演（"Uses of Aesthetics"）。

一九九七年（平成九年）　五六歳

四月、近畿大学文芸学部特任教授となる。六月、ロッテルダムで開催されたANY会議で講演、パネル。その後、ベルリンを経て、ライプツィヒ大学、バウハウス大学で講演。同月、『日本近代文学の起源』の韓国語訳刊行。出版を記念して民音社と民族文学会に招かれ、講演。同月、「美学の効用―『オリエンタリズム』以後」を『批評空間』第Ⅱ期14号に発表。七月、近畿大学文芸学部で講演（「菊池寛の『入れ札』」）。慶応大学で同講演。九月、コロンビア大学比較文学科客員正教授となる。同月、「死とナショナリズム」を『批評空間』第Ⅱ期15号から連載（～九七年一二月）し、ミシガンで開催されたアメリカ中西部日本学会に招かれて講演（「日本精神分析」）。一〇月、「日本精神分析再考」を『文學界』11月号に、「親に責任はあるか―神戸小学生殺人事件にふれて」を『中央公論』11月号に、「東大は滅びよ―『改革』の虚妄」（絓秀実との対話）を『情況』第2期9号に発表。一一月、韓国慶州で開催された日韓作家会議で講演。ソウルの創作と批評社で『批評空間』のための座談会をペク・ナクチヨン、チェ・ウォンシク両教授と行う。一二月、女性と戦争学会（大阪市）で「責任と原因」について講演、同月、フォークナー生誕一〇〇年を記念する紀伊国屋ホールでのイヴエントで、「フォークナーと中上健次」について講演。

一九九八年（平成一〇年）　五七歳

一月から四月まで、コロンビア大学で講義。二月六日、エッセイ「日韓作家会議について」を『すばる』に発表。三月、「借景に関する考察」を『批評空間』第Ⅱ期17号に発表。同月二三日、二四日の両日、ラトガーズ大学でアンディ・ウォーホールについて講演。同月、「ハイパーメディア社会における自己・視線・権力」（浅田彰、大澤真幸、黒崎政男との座談会）を『科学と芸術の対話』（NTT出版）に発表。四月、近畿大学文芸学部大学院研究科の教授となる。五月、『坂口安吾全集』全一七巻の刊行開始（関井光男との共編・筑摩書房。～二〇〇〇年四月）。『Melange』『坂口安吾全集』月報に「坂口安吾について1～17」を連載。六月、「未来としての他者」を『現代思想』7月号に、「仏教とファシズム」を『批評空間』第Ⅱ期18号に発表。八月、「坂口安吾の普遍性をめぐって」（関井光男との対談）を『国文学 解釈と鑑賞 別冊・坂口安吾と日本文化』に、「批評の視座 批評の『起源』―カント／マルクス」を『國文學』9月号に発表、「トランスクリティーク」を『群像』9月号から連載（～九九年4月号）。一二月、中国北京で「東アジア知の共同体」をめぐる会議に出席。この年、兵庫県尼崎市に移転。

一九九九年（平成一一年）　五八歳

三月、ニューヨークに二週間滞在。ボストンで開催されたAASで講演、マサオ・ミヨシとハリー・ハルトゥーニアンとパネル。同月、「マルクス的視点からグローバリズムを考える」(汪暉との対談)を『世界』4月号に発表。四月、ロンドンICAで講演("On Associationism")。五月、アソシエ21創立記念講演。六月、「トランスクリティークと小説のポイエティーク」(島田雅彦との対談)を『國文學』7月号に、七月、「世界資本主義からコミュニズムへ」(島田雅彦・山城むつみとの共同討議)を『批評空間』第Ⅱ期22号に、八月、「江藤淳と私」を『文學界』9月号に発表。九月、「貨幣主体と国家主権者を超えて」(市田良彦・西部忠・山城むつみとの共同討議)を『批評空間』第Ⅱ期23号に発表。一〇月、アソシエ21関西創立記念の講演。同月、東洋大学井上円了記念学術センター主催の坂口安吾をめぐるシンポジウムで講演。同月、「江藤淳と死の欲動」(福田和也との対談)を『文學界』11月号に発表。一一月七日、アソシエ21関西の設立集会で講演。一二月、「資本・国家・倫理」(大西巨人との対談)を『群像』1月特別号に、「建築と地震」を『Anywise』に発表。この年で群像新人文学賞、野間文芸新人賞の選考委員を辞任。

二〇〇〇年(平成一二年)　五九歳

一月、「柄谷行人が語る『コミュニズム一歩手前』の状況論」を『広告』2月号に発表。同月、『可能なるコミュニズム』を太田出版から刊行。一月から五月まで、コロンビア大学比較文学科で講義(「カントとマルクス」)。二月、『倫理21』を平凡社から刊行。同月、「世界資本主義に対抗する思考」(山城むつみとの対談)を『新潮』3月号に発表。三月、『批評空間』第Ⅱ期を休刊。五月一日、「安吾とフロイト」を坂口安吾『堕落論』(新潮文庫・奥付は六月一日)の解説として発表。同月、論文 "Uses of Aesthetics" Boundary 2, Duke University Press, 2000に発表。ハーバード大学で講演("Introduction to Transcritique")。六月三日、ニューヨークで開催されたＡＮＹ会議で講演("Thing-itself as Others")。帰国。同月一〇日、法政大学国際文化学部創立記念で「言語と国家」の講演、ベネディクト・アンダーソンとパネル。同月三〇日、エル大阪でＮＡＭ(New Associationist Movement)結成大会、講演。渡米。八月、パリで王寺賢太・三宅芳夫よりインタビューを受ける。同月、帰国。九月、韓国ソウルで開催されたグローバリゼーションと文学の危機をめぐる国際会議で発表。同月、「言語と国家」を『文學界』10月号に発表。一〇月、村上龍と対談(『群像』に掲載)。同月、東京で「柄谷行人を励ます会」が開かれる。一一月、駒場と紀伊国屋ホールでＮＡＭをめぐる講演。同月、坂本龍一と対談(『毎日新聞』夕刊一二月一九日)。同月、「プロレタリア独裁について」を『別冊思想・トレイシーズ1』に発表し、『ＮＡＭ原理』(共著)を太田出版から刊行。一二月、「文学と運動―二〇〇〇年と一九六〇年の間で」(インタビュー)を『文學界』1月号に、「二〇〇一年の文学　時代閉塞の突破口」(村上龍との対談)を『群像』新年号に発表。一二月二二日、エル大阪でＮＡＭ全国大会を開催。

二〇〇一年(平成一三年)　六〇歳

一月、「未来への希望の地―日本の可能性の中心」(マイケル・リントンとの対話・英語)を『広告』2・3合併号に発表。一月から五月まで、コロンビア大学比較文学科で講義(「マルクスとアナーキストたち」)。同月、「飛躍と転回―二〇〇〇年に向かって」(インタビュー)を『文學界』2月号に発表。二月、フロリダ大学で、三月、カリフォルニア大学ロサンジェルス校で講演("Introduction to Transcritique")、プリンストン大学で講演とパネル。二月、「トランスクリティークとアソシエーション」(田畑稔との対話）を『季刊 唯物論研究』に発表。三月、『〈戦前〉の思考』を講談社学術文庫から、四月、『NAM生成』を太田出版から刊行。六月、帰国。同月一六日、京都精華大学でNAM京都のシンポジウム。同月三〇日、早稲田大学大隈講堂でシンポジウム（「NAM生成をめぐって」）。七月一日、一ツ橋講堂でNAM全国大会。同月七日、紀伊国屋ホールで「批評空間社設立記念シンポジウム・新たな批評空間のために」のパネル。同月から四月まで、コロンビア大学で講義。9・11の一週間前までニューヨークに滞在。八月、『増補 漱石論集成』を平凡社ライブラリーから刊行。一〇月二日、坂部恵と「トランスクリティーク」をめぐって対談（『群像』に掲載）。同月、『トランスクリティーク―カントとマルクス』を株式会社批評空間社から刊行。『批評空間』第Ⅲ期創刊号発行。同月一一日、禁煙開始。一一月四日、大阪大学学園祭で「LETSについて」のパネル、同月一〇日、麻布高校で講演。同月二八日、京都大学一一月祭で坂上孝、浅田彰らとパネル（「マルクスとアソシエーショニズム」）。同月、「カントとマルクス―『トランスクリティーク』以後へ」（坂部恵との対談）を『群像』12月号に発表。一二月、「入れ札と籤引き」を『文學界』新年号に発表。同月、京都の花園大学で行われた坂口安吾研究会の大会で講演（「坂口安吾とアナーキズム」）。同月、「批評空間」の共同討議「『日本精神分析』再論」を磯崎事務所で行う（『批評空間』第Ⅲ期3号に掲載）。尼崎市アルカイック・ホールで、いとうせいこうと講演。

二〇〇二年（平成一四年）　六一歳

一月、「入れ札と籤引き（完結篇）」を『文學界』2月号に、三月、「『日本精神分析』再論」を『批評空間』第Ⅲ期3号に発表。四月、近畿大学国際人文科学研究所が創設され所長となる。同月、『必読書150』（渡部直己・浅田彰ほか共著）を太田出版から、『柄谷行人初期論文集』を批評空間社から刊行。同月六日、ワシントンで開かれたAASで講演（“Iki and love”）。七月、『日本精神分析』を文藝春秋から刊行。九月、シンガポール大学で講演（“Architecture and Association”）。同月、「『日本精神分析』をめぐって」（インタビュー）を『文學界』10月号に発表。一一月、韓国嶺南（ヨンナン）大学で講演。一二月、インドへ旅行。

二〇〇三年（平成一五年）　六二歳

一月から三月まで、カリフォルニア大学ロサンジェルス校で講義。二月二一日、カリフォルニア大学サンディエゴ校で講演（“On Associationism”）。三月一〇日、カリフォルニア大学アーヴァイン校で講演（“On Transcritique”）。四月二五日、バウハウス大学（ワイマール）で講演（“Architecture and Association”）。五月、“Transcritique on Kant and Marx”をMIT Pressから刊行。六月、福田和也と対談（『en taxi』2号）。同月、小林敏明と対談（『週刊読書人』）をする。七月、新宿「風花」で古井由吉の朗読会に参加、「マクベス論」を朗読。九月、「建築とアソシエーション」を『新潮』10月号に発表。同月一九日、近畿大学国際人文科学研究所東京コミュニティカレッジで朗読（「アンチノミー」）。同月、「近代日本文学の終焉」について、近畿大学国際人文科学研究所東京コミュニティカレッジと同大阪コミュニティカレッジで講義。一〇月、「カントとフロイト―トランスクリティーク」を『文學界』11月号に発表。同月二五日、近畿大学国際人文科学研究所大阪コミュニティカレッジで浅田彰と講義。一一月二四日、京都大学一一月祭で浅田彰、大澤真幸とパネル（「21世紀の思想」）。

二〇〇四年（平成一六年）　六三歳

一月、『柄谷行人集』全五巻（岩波書店）の刊行が始まる（〜九月）。一月から四月まで、コロンビア大学で講義（「近代文学の終焉について」）。一月、「帝国とネーション―序説」を『文學界』3月号に発表。四月、「近代文学の終り」を『早稲田文学』5月号に発表。六月七日、新橋ヤクルトホールで福田和也とパネル（「21世紀の世界と批評」）。七月、「資本・国家・宗教・ネーション」を『現代思想』8月号に、八月、「翻訳者の四迷―日本近代文学の起源としての翻訳」を『國文學』9月号に、一〇月、「絶えざる移動としての批評」（浅田彰・大澤真幸らとのシンポジウム）を『文學界』11月号に発表。同月六日、高澤秀次、大澤真幸と紀伊国屋ホールでパネル（「思想はいかに可能か」）。一〇月三〇日と一一月一三日、近畿大学国際人文科学研究所大阪コミュニティカレッジで浅田彰と講義。一一月二三日、京都大学一一月祭の「デリダ追悼―Re-Membering Jacques Derrida」で、浅田彰、鵜飼哲とのパネル。一二月、「反復の構造」（インタビュー）を『世界』1月号に発表。同月一一日、「『日本近代文学の起源』改訂版をめぐって」を関井光男と近畿大学国際人文科学研究所東京コミュニティカレッジで講義。同月、南インドへ旅行し、津波に遭う。

二〇〇五年（平成一七年）　六四歳

一月から四月末まで、コロンビア大学で講義"Reading Marx"。三月一四日、カリフォルニア大学ロサンジェルス校で開催された会議"Rethinking Soseki's Theory of Literature"で発表。四月、朝日新聞書評委員となる。同月一三日、コロンビア大学で講演（"Revolution and Repetition"）。五月二四日、韓国の高麗大学で講演（"The Ideal of the East"）。同月、「革命と反復 序説」をクオータリー『at』0号（太田出版）に発表。七月一六日、新宿「風花」で古井由吉らと朗読。九月、「革命と反復・第一章　永続革命の問題」を『ａｔ』1号に、一二月、「革命と反復・第二章『段階の飛び越え』とは何か」を『ａｔ』2号に発表する。

二〇〇六年（平成一八年）　六五歳

一月一九日、近畿大学で最終講義、三月、近畿大学を退職する。同月、「革命と反復・第三章　封建的とアジア的と」を『ａｔ』3号に発表する。四月六、七日、クロアチアのザグレブで、八日、スロヴェニアのリュブリャーナで講演。五月二一日、静岡芸術劇場で講演（「グローバリズムと帝国主義」）。六月、浅田彰、萱野稔人、高澤秀次と「『世界共和国へ』をめぐって」の座談会（『ａｔ』4号）。七月、「丸山眞男とアソシエーショニズム」を『思想』8号に、「グローバル資本主義から世界共和国へ」（インタビュー）を『文學界』8月号に発表。八月五日、熊野大学シンポジウム「坂口安吾と中上健次」に参加する。九月、連載論文「『世界共和国へ』に関するノート1」を『ａｔ』5号に発表（〜二〇〇八年一二月に10を掲載）。「国家・帝国主義・日本」（インタビュー）を『現代思想』9月号に発表。一〇月二七日、マサチューセッツ大学アマースト校で開催された「Rethinking Marxism 学会」で講演。三一日、シカゴ大学哲学科で講演。一一月、「近代批判の鍵」（『坂部恵集1』月報　岩波書店）を発表。一二月二日、朝日カルチャーセンター・新宿で講演。同月、「鈴木忠志と『劇的なるもの』」（エッセイ）を『演出家の仕事―鈴木忠志読本』（静岡県舞台芸術センター）に発表。座談会「坂口安吾と中上健次」（『國文學』12月号『中上健次特集』）。

二〇〇七年（平成一九年）　六六歳

一月、佐藤優との対談「国家・ナショナリズム・帝国主義」を『世界』1月号に発表。三月、「超自我と文化＝文明化の問題」を『フロイト全集第4巻』月報（岩波書店）に発表。「可能なる人文学」（インタビュー）を『論座』3月号に発表。四月、東京に引越す。「左翼的なるものへ」（インタビュー）を『論座』4月号に発表。五月二四日、北京の清華大学で講演。六月七日、フォーラム神保町で、七月一四日、朝日カルチャーセンター・新宿で講演。八月三日〜五日、青山真治、岡崎乾二郎、高澤秀次、渡部直己らと熊野大学シンポジウムに参加。同月、新宿「風花」で古井由吉と朗読。一〇月、スタンフォード大学で講演。論文“World Intercourse: A Transcritical Reading of Kant and Freud”（“UMBR(a) Semblance A Journal of the Unconscious”）を発表。一一月一〇日、いとうせいこう、高澤秀次と第一回「長池講義」（八王子市長池公園自然館）を開催。一二月八日、立命館大学国際関係学部20周年式典で講演。

二〇〇八年（平成二〇年）　六七歳

一月一二日、朝日カルチャーセンター・新宿で「世界システムとアジア」を講演（三月二九日にも「世界システムとアジア2」を講演）。二月、大塚英志と『新現実』5号で対談。四月、福岡伸一から「クロストーク」のインタビューを受ける（『朝日新聞』四月七日）。同月二四日、ニューオリンズのロヨラ大学で講演。五月一一日、「理念について」を有度サロン（静岡舞台芸術公園楕円堂）で、一八日、「革命と反復」を有度サロンで、二一日、「中間団体論」をフォーラムin札幌時計台で講演。小嵐九八郎に「60年安保から全共闘へ」のインタビューを受ける（『図書新聞』五月一七日）。六月、「石山修武と私」（エッセイ）を発表（石山修武『建築がみる夢』講談社）。同月、第二回「長池講義」。八月九日、小林敏明、東浩紀、浅田彰、高澤秀次と熊野大学シンポジウムに参加。九月、山口二郎、中島岳志と座談会（『論座』10月号、この号で休刊）。一〇月、論文“Revolution and Repetition”を発表（“Rethinking Marxism 20th Anniversary, Volume 20” Routledge）。論文“Revolution and Repetition”を発表（“UMBR(a)UTOPIA A Journal of the Unconscious”）。同月、黒井千次、津島佑子と座談会（『文學界』11月号）。同月二〇日、トロント大学ヴィクトリアカレッジで、二二日、ニューヨーク州立大学バッファロー校で講演。一一月一日、第三回「長池講義」。一六日、有度サロンで磯崎新と講演。二三日、針生一郎、岡崎乾二郎、光田由里と東京国立近代美術館で、パネル（「批評を批評する―美術と思想」）。二七日、早稲田大学で講演（「なぜデモをしないのか」）。同月、「死ぬまでに絶対読みたい本」（エッセイ）を発表（『文藝春秋』12月号）。一二月一六日、京都造形芸術大学大学院のアサダアキラ・アカデミアで講演。同月、インド、ネパールへ旅行。

雑誌については、発行年月を記述、誌名に月号などを明示した。

（関井光男・編）

著書目録

柄谷行人

【単行本】

現代批評の構造―通時批評から共時批評へ（蟻二郎・森常治との共編訳）	昭46・1	思潮社
畏怖する人間	昭47・2	冬樹社
現代という時代の気質（エリック・ホッファー著、柄谷真佐子との共訳、一九九八年の再版以降は「柄谷行人訳」）	昭47・12	晶文社
意味という病	昭50・2	河出書房新社
マルクスその可能性の中心	昭53・7	講談社
反文学論	昭54・4	冬樹社
畏怖する人間（新装版）	昭54・4	冬樹社
ダイアローグ（対話集）	昭54・6	冬樹社
小林秀雄をこえて（中上健次との対話）	昭54・9	河出書房新社
意味という病（新装版）	昭54・10	河出書房新社
日本近代文学の起源	昭55・8	講談社

吉本隆明を〈読む〉（共著、「孤独なる制覇―吉本隆明『心的現象論序説』」を収録）　昭55・11　現代企画室
隠喩としての建築　昭58・3　講談社
思考のパラドックス（対話集）　昭59・5　第三文明社
批評とポスト・モダン　昭60・4　福武書店
内省と遡行　昭60・5　講談社
批評のトリアーデ（共著、インタビュー集）　昭60・10　トレヴィル
探究Ⅰ　昭61・12　講談社
ダイアローグⅢ（対話集）　昭62・1　第三文明社
畏怖する人間（新装版）　昭62・7　トレヴィル
ダイアローグⅠ〜Ⅴ（対話集、冬樹社『ダイアローグ』、『思考のパラドックス』の増補改訂版）　昭62・7〜平10・7　第三文明社
闘争のエチカ（蓮實重彦との対話集）　昭63・5　河出書房新社
昭和を読む（共著、「『昭和』と『西暦』の裂け目」を収録）　平元・3　読売新聞社
言葉と悲劇（講演集）　平元・5　第三文明社
探究Ⅱ　平元・6　講談社
シンポジウム（共同討議集、『季刊思潮』のシンポジウム集）　平元・12　思潮社
終焉をめぐって　平2・5　福武書店
終りなき世界―90年代の論理（岩井克人との対話集）　平2・11　太田出版

近代日本の批評―昭和篇〔上〕（編著・共同討議） 平2・12 福武書店
近代日本の批評―昭和篇〔下〕（編著・共同討議） 平3・3 福武書店
近代日本の批評―明治・大正篇（編著・共同討議） 平4・1 福武書店
漱石論集成 平4・9 第三文明社
ヒューモアとしての唯物論 平5・8 筑摩書房
ミシェル・フーコーの世紀（蓮實重彥・渡辺守章編、「フーコーと日本」を収録） 平5・10 筑摩書房
〈戦前〉の思考（講演集） 平6・2 文藝春秋
シンポジウムⅠ～Ⅲ（編著・共同討議集、『批評空間』Ⅰ－Ⅱのシンポジウムの集大成） 平6・4～10・6 太田出版
漱石を読む（共著） 平6・7 岩波書店
中上健次全集 1～15（共編） 平7・5～8・8 集英社
中上健次発言集成 1～6（絓秀実との共編） 平7・10～11・9 第三文明社
坂口安吾と中上健次 平8・2 太田出版
皆殺し文芸時評（共著・対話集） 平10・6 四谷ラウンド
マルクスの現在（共著、「トランスクリティーク結論（草稿）」などを収録） 平11・2 とっても便利出版部
マルクスを読む（共著、「不可知の 平11・11 情況出版

〝階級〟と『ブリュメール十八日』」を収録）

可能なるコミュニズム（編著）　平12・1　太田出版

倫理21　平12・2　平凡社

中上健次と熊野（渡部直己との共編）　平12・6　太田出版

NAM原理（共著）　平12・11　太田出版

NAM生成（共著）　平13・4　太田出版

トランスクリティーク―カントとマルクス　平13・10　批評空間社

柄谷行人初期論文集　平14・4　批評空間社

必読書150（共著）　平14・4　太田出版

日本精神分析　平14・7　文藝春秋

LEFT ALONE―持続するニューレフトの「68年革命」（共著）　平17・2　明石書店

思想はいかに可能か　平17・4　インスクリプト

近代文学の終り　平17・11　インスクリプト

世界共和国へ　平18・4　岩波書店

【著作集】

定本　柄谷行人集（全五巻）　平16・1〜9　岩波書店

第一巻　日本近代文学の起源（英語版の翻訳・増補改訂版）

第二巻　隠喩としての建築（英語版の翻訳）

第三巻　トランスクリティーク―カ

ントとマルクス（英語版の翻訳・改訂版）

第四巻　ネーションと美学（英語論文の集成）

第五巻　歴史と反復

【文庫】

マルクスその可能性の中心　昭60・7　講談社文庫

内省と遡行　昭63・4　講談社学術文庫

日本近代文学の起源　昭63・6　講談社文芸文庫

批評とポスト・モダン　平元・1　福武文庫

EV.Café　超進化論　平元・1　講談社文庫
（村上龍・坂本龍一との対話集）

隠喩としての建築　平元・3　講談社学術文庫

意味という病　平元・10　講談社文芸文庫

マルクスその可能性の中心　平2・7　講談社学術文庫

畏怖する人間　平2・10　講談社文芸文庫

反文学論　平3・11　講談社学術文庫

探究Ⅰ　平4・3　講談社学術文庫

言葉と悲劇（講演集）　平5・7　講談社学術文庫

闘争のエチカ（蓮實重彦との対話集）　平6・2　河出文庫

探究Ⅱ　平6・4　講談社学術文

終焉をめぐって　平7・6 講談社学術文庫
差異としての場所　平8・6 講談社学術文庫
近代日本の批評Ⅰ 昭和篇〔上〕（編著）　平9・9 講談社文芸文庫
近代日本の批評Ⅱ 昭和篇〔下〕（編著）　平9・11 講談社文芸文庫
近代日本の批評Ⅲ 明治・大正篇（編著）　平10・1 講談社文芸文庫
ヒューモアとしての唯物論　平11・1 講談社学術文庫
〈戦前〉の思考　平13・3 講談社学術文庫
増補 漱石論集成　平13・8 平凡社ライブラリー
倫理21　平15・6 平凡社ライブラリー
坂口安吾と中上健次　平18・9 講談社文芸文庫
日本精神分析　平19・6 講談社学術文庫
定本 日本近代文学の起源　平20・10 岩波現代文庫

【雑誌特集】

國文學 柄谷行人・闘争する批評　平元・10 學燈社
文學界 柄谷行人の世界　平2・1 文藝春秋
群像臨時増刊 柄谷行人&高橋源一郎　平4・5 講談社
国文学 解釈と鑑賞 別冊 柄谷行人（関井光男編）　平7・12 至文堂

情況　吉本隆明と柄谷行人　平9・5　情況出版
現代思想臨時増刊　柄谷行人　平10・7　青土社
（モントリオール大学で開催された「柄谷をめぐる国際シンポジウム」）
文學界　柄谷行人著『トランスクリティーク』読解　平12・12　文藝春秋
國文學　柄谷行人の哲学・トランスクリティーク　平16・1　學燈社

【単行本】には、重要だと思われる共著、編著、翻訳書を加えた。

（作成・関井光男）

初出誌

「風景の発見」　季刊藝術一九七八年夏号
「内面の発見」　季刊藝術一九七八年秋号
「告白という制度」　季刊藝術一九七九年冬号
「病という意味」　季刊藝術一九七九年夏号
「児童の発見」　群像一九八〇年新年号
「構成力について」　群像一九八〇年五〜六月号

（本書は、一九八〇年八月本社刊行の単行本を底本としてふりがなをおおめに加えた。）

日本近代文学の起源　原本《げんぽん》

柄谷行人《からたにこうじん》

二〇〇九年三月一〇日第一刷発行
二〇二五年三月一三日第一三刷発行
発行者——篠木和久
発行所——株式会社　講談社
東京都文京区音羽2・12・21　〒112-8001
電話　編集（03）5395・3513
販売（03）5395・5817
業務（03）5395・3615

講談社文芸文庫

デザイン——菊地信義
印刷——株式会社KPSプロダクツ
製本——株式会社国宝社
本文データ制作——講談社デジタル製作

ISBN978-4-06-290041-6

講談社文芸文庫

柄谷行人編－近代日本の批評 Ⅲ 明治・大正篇
柄谷行人──坂口安吾と中上健次　井口時男──解／関井光男──年
柄谷行人──日本近代文学の起源 原本　関井光男──年
柄谷行人
中上健次──柄谷行人中上健次全対話　高澤秀次──解
柄谷行人──反文学論　池田雄一──解／関井光男──年
柄谷行人
蓮實重彥──柄谷行人蓮實重彥全対話
柄谷行人──柄谷行人インタヴューズ1977-2001
柄谷行人──柄谷行人インタヴューズ2002-2013　丸川哲史──解／関井光男──年
柄谷行人──[ワイド版]意味という病　絓 秀実──解／曾根博義──案
柄谷行人──内省と遡行
柄谷行人
浅田彰──柄谷行人浅田彰全対話
柄谷行人──柄谷行人対話篇Ⅰ 1970-83
柄谷行人──柄谷行人対話篇Ⅱ 1984-88
柄谷行人──柄谷行人対話篇Ⅲ 1989-2008
柄谷行人──柄谷行人の初期思想　國分功一郎－解／関井光男・編集部－年
河井寛次郎－火の誓い　河井須也子－人／鷺 珠江──年
河井寛次郎－蝶が飛ぶ 葉っぱが飛ぶ　河井須也子－解／鷺 珠江──年
川喜田半泥子－随筆 泥仏堂日録　森 孝──解／森 孝──年
川崎長太郎－抹香町｜路傍　秋山 駿──解／保昌正夫──年
川崎長太郎－鳳仙花　川村二郎──解／保昌正夫──年
川崎長太郎－老残｜死に近く 川崎長太郎老境小説集　いしいしんじ－解／齋藤秀昭──年
川崎長太郎－泡｜裸木 川崎長太郎花街小説集　齋藤秀昭──解／齋藤秀昭──年
川崎長太郎－ひかげの宿｜山桜 川崎長太郎「抹香町」小説集　齋藤秀昭──解／齋藤秀昭──年
川端康成──一草一花　勝又 浩──人／川端香男里－年
川端康成──水晶幻想｜禽獣　高橋英夫──解／羽鳥徹哉──案
川端康成──反橋｜しぐれ｜たまゆら　竹西寛子──解／原 善──案
川端康成──たんぽぽ　秋山 駿──解／近藤裕子──案
川端康成──浅草紅団｜浅草祭　増田みず子－解／栗坪良樹──案
川端康成──文芸時評　羽鳥徹哉──解／川端香男里－年
川端康成──非常｜寒風｜雪国抄 川端康成傑作短篇再発見　富岡幸一郎－解／川端香男里－年
上林曉──聖ヨハネ病院にて｜大懺悔　富岡幸一郎－解／津久井 隆──年

▶解=解説 案=作家案内 人=人と作品 年=年譜を示す。 2025年3月現在